Nick Hornby

尼克·霍恩比 | 作品

Slam

［英］尼克·霍恩比......................著

曾志杰......................译

砰！

上海译文出版社

献给洛厄尔与杰西

感谢

托尼·霍克

帕特·霍克

弗朗西斯卡·道

托尼·莱西

乔安娜·普赖尔

卡罗琳·道内

阿曼达·波西

1

那阵子我过得还挺不赖的。事实上,可以说在那半年里,好事接二连三地发生。

- 好比说:我妈终于摆脱了她那个人渣男友,史蒂夫。
- 好比说:我的艺术设计老师,吉勒特太太,有一次下课后把我拉到一旁,问我有没有想过要进大学主修艺术。
- 又好比说:连续好几个礼拜在公共场合不停地出糗后,我终于学会了两种新的玩板技术。(我猜你们不是每个人都玩板,所以最好现在就跟你们解释清楚,以免造成可怕的误会。玩板,指的是玩滑板。我们简称为"玩板",我只打算解释这么一次。如果之后你听到玩板,还会联想到什么在海上冲浪之类的画面,就只能怪你自己蠢了。)

除此之外,我遇见了艾丽西亚。

在继续告诉你我跟我妈还有艾丽西亚的故事之前,本来打算先多介绍一下我自己。我想说如果你多认识我一点,可能才会真正关心这些故事。但如果你有仔细看以上我写的这段话,你知道的其实已经够多了。不然,至少也可以猜到个大概。你应该可以猜到我爸妈已经离婚了,除非你认为我爸是那种不介意老婆交男朋友的人。嗯,我可以告诉你他不是。你还可以猜到我玩板,也可以猜到我在学校最拿手的科目是艺术设计,除非你又以为每一科的老师都会在下课后把我拉到一边,问我要不要进大学主修他们教的科目。你知道,就是每个老师会为了我争论不休:"不,山姆,放弃艺术,主攻物理吧!""别管物理了! 如果你放弃法文,那会是全人类的损失啊!"接着他们开始大打出手。

嗯,像这种事情真的真的不可能发生在我身上。我跟你发誓,这辈子还从来没有老师为了我吵过架。

此外,就算你不是福尔摩斯,也看得出来,艾丽西亚在我心中是很特别的女孩。我很庆幸有些事情你不知道,一些你绝对猜不出来的诡异情节,就我所知,全世界只有我一个人发生过。如果仅仅从我刚刚所写的这么一小段故事,你就能猜到的话,那我就会开始担心,我可能没有自己想象中那么复杂有趣。哈哈。

这一切发生在几年前,当时我十五快十六岁了,那阵子日子过得不好不坏。我不想要装可怜,也不要你同情我,但老实说,这种不好不坏的感觉,对当时的我来说很新奇。因为我从没有过这种感觉,而在那段日子之后,这种感觉也很久不曾再出现过了。我不是故意要说我过去过得很不快乐,只是在过去的生活里,总会觉得有什么事不大对劲,好像总有令人烦恼的事情随时会发生。(不过真正让人烦恼的其实还在后头,等着瞧吧。)例如那时,我父母正在闹离婚,一天到晚吵个不停。连离婚手续都办了他们还可以继续吵,甚至离婚很久了,还是吵个没完没了。数学也很让我困扰,我恨死数学了;另外,我想约某个女孩出去但被拒绝……可是这一切的烦恼,在当时却突然消失了,速度快得让我来不及察觉,就好像天气有时会突然放晴一样。此外,那年夏天,家里经济突然好转。我妈终于找到工作,而我爸也不气我妈了,总算肯付他老早就该付的赡养费。一切似乎就这么好转了起来。

我试着把这故事不遮遮掩掩地、好好地说出来。有些事情我想我得自己负责,因为这很重要。事情是这样的。我知道听起来很蠢,因为我其实不大相信这种事情,就是什么鬼魂啊、轮回转世诸如此类的事情。可是,事情就这么发生了,而且……不管那么多了,我要说了,要怎么想就随便你吧。

我跟托尼·霍克说话,而他竟然也回应我了。

我想你们有些人,应该就是同一批搞不懂什么是玩板的人,一定不知道托尼·霍克是谁。没关系,以后我会慢慢告诉你。不过我还是无法想象,这么有名的人怎么会有人不认识呢?不认识托尼·霍克就好比不认识罗比·威廉斯,甚至像不认识托尼·布莱尔一样夸张。你仔细想想,这真的很糟糕。因为这个世界上有一大堆政客跟歌手、几百个电视节目。布兰妮跟凯莉·米洛跟罗比·威廉斯一样有名,而乔治·布什可能比托尼·布莱尔有名多了。但是世界上只有一位滑板选手,他的名字就是托尼·霍克。好吧,也许不止他一个滑板选手啦,但他绝对是非常重要的一位。他就像是滑板界的 J. K. 罗琳,或是滑板界的巨无霸汉堡、iPod、X－box。我唯一可以接受你不认识托尼的理由,就是你对玩板一点兴趣都没有。

那时我刚开始迷玩板,我妈就在网络上买了一张托尼·霍克的海报给我。虽然这不是我收过的最贵重的礼物,但绝对是最酷的。我马上就把它贴在房间墙上,而且养成对海报说话的习惯。一开始,我只会跟托尼聊关于玩板的话题，例如我碰到什么障碍，或是今天成功完成了什么技巧。当我第一次成功做出坡道回转技巧，几乎第一时间直奔房间跟墙上的托尼分享。因为我知道墙上的托尼绝对比活生生的我妈，更了解这件事对我的意义。我不是看不起我妈，但是她对玩板是真的一无所知。每当我跟她分享玩板的点滴，她总是装出一副兴致勃勃的样子，但她的眼神却泄漏出她其实一点兴趣也没有。我妈总是会说："哦，那很棒啊！"如果问她什么是坡道回转，她完全答不出来。何必多此一举呢？可是托尼不同，他完全了解。我想这就是为什么我妈买这张海报给我，因为这么一来，我就有人可以聊这些事情。

在我读过托尼的书《霍克——职业：滑板选手》不久后，我发现墙上的托尼会跟我说话。我开始熟悉他说话的语气，还有大概会说些什么。老实说，他一开口，会说些什么我早就知道了，因为说的不外乎书里写的那些内容。在他开始跟我说话之前，那本书我早读过四五十遍了。在那之后，我又陆续读了好几遍。在我看来，那是世界上最棒的书。每个人都该看。就算你不玩板，书里还是有许多其他值得学习的事情。托尼·霍克的人生就像那些政客、歌手和肥皂剧演员，有过高低起伏。总之，这本书我已经读过四五十遍了，所以几乎滚瓜烂熟。如果我跟他谈到坡道回转，我知道他会说："这其实算不上什么困难的技术。但要学会在坡道上控制跟平衡滑板，那可是基础。干得好啊！小子！"

我不知道你看不看得出来。这句"干得好啊！小子！"就是托尼在跟我对话。因为这句话书里没有，是我自己想象出来的。但其他部分，几乎都是书上说过的。不对，不是几乎，是完完全全一字不差。有时我宁愿自己没有把这本书读得这么熟，这么一来，我就不用听他说"这其实算不上什么困难的技术"。我可是花了六个月才把这个动作搞定,我宁愿他只跟我说:"要学会在坡道上控制跟平衡滑板,那可是基础。"但话说回来,如果故意把"这其实算不上什么困难的技术"略过,好像又不大诚实。当你跟托尼·霍克谈到坡道回转,可以想象他绝对会这么说,至少我可以想象是这样。生命就是这样,你不能重写历史,或是为了让自己好过就故意忽略某些部分。

之后又过了一阵子,我开始跟托尼·霍克谈玩板以外的话题,关于学校、关于我妈、关于艾丽西亚,我发现他对这些话题也总是有所回应。虽然他说的还是不离书里的内容,但那本书是关于他的生活,不只是滑板,所以不全然都是在谈滑板技术。

举例来说,如果我跟他说我是如何无缘无故对我老妈发火,他会说:"我过去真的很荒唐。我不敢相信我爸妈没有拿水管把我绑起来、把袜子塞进我嘴里,然后把我扔到角落。"当我跟他谈到学校里严重的打架事件,他说:"我没惹上任何麻烦,因为我跟辛迪过得很快乐。"辛迪是他当时的女友。老实说,并不是托尼·霍克说的每件事都有帮助,但那不是他的错。如果书里没有任何内容符合我的情况,那我就得尽力找到符合情况的句子。令人惊讶的是,如果认真思考,你会发现其实都还蛮合理的。

对了,从现在开始,托尼·霍克简称 TH,我都这么叫他。大部分的人都称呼他鸟人,一来是霍克这个词有鹰的意思,二来是因为他滑板技巧高超,但这个称呼我觉得听起来太美式了。再加上我周遭的人大都是盲从的蠢蛋,他们都认为蒂埃里·亨利是唯一姓名缩写为 TH 的运动员。但他不是,所以我故意要捉弄这些人。TH 这两个字母,就像是我的个人密码。

我为什么会提到我跟 TH 的对话，是因为我记得我跟他说最近我过得挺不赖的。那天阳光普照，我几乎一整天都耗在滑杆城，你可能知道，也可能不知道，那是我家附近的一座滑板公园，只要坐公交车就到了。我是说，你可能不知道从我家到那座公园只需要搭一会儿公交车，因为你不知道我家在哪，但如果你够酷，或者认识那些够酷的人，可能就听过这个公园。总之，那晚艾丽西亚跟我去看电影，好像是我们第三次还是第四次出去，我真的真的很喜欢她。我回到家的时候，我妈正在跟她朋友宝拉一起看 DVD，妈看起来似乎很快乐，虽然有可能是我自己想太多。也许快乐的其实是我，因为她是跟宝拉一起看 DVD，而不是她的垃圾男友史蒂夫。

　　"电影怎么样？"妈问我。

　　"还不赖啊。"我说。

　　"你真的有专心看电影吗？"宝拉说。我没回答就回房间，因为不想跟她谈这种事。我坐在床上，看着 TH，我说："事情真的没那么糟。"

　　而他说："生命是美好的。我们搬到了一个全新而且更大的房子，位于潟湖旁，离海滩很近。更重要的是，这栋房子还有一个栅门。"

　　就像我之前说的，不是 TH 说的每一件事都是对的。这不是他的错。只是他的书不够厚。我希望他的书有一百万页，这么一来我可能到现在都还读不完，二来无论谈到什么话题，他都有话可以回应。

　　我告诉他我在滑杆城的一天，还有正在努力练的招式，接着说了一些平常不会跟他谈的话题。我跟他说了一些关于艾丽西亚的事、我妈发生的事，还有宝拉是如何坐在史蒂夫以前的位子上的。关于这些话题他没什么好说的，但基于某些理由，我认为他应该有兴趣听。

　　你认为这一切听起来很疯狂吗？有可能，但我不在乎，真的。有谁不会自言自语呢？谁不会跟上帝、或是宠物、或是他们深爱但已死去的人、或是单纯跟自己说话呢？TH……他不是我。但是我想变成像他那样的人，他是我最棒的模范，有一个你的榜样在卧房墙上看着你，这不会糟到哪儿去，只会让你提醒自己绝不要让自己失望。

　　总之，我要说的是这段时间——也许是一天，也许是好几天，我现在记不得了，每件事情都很顺利。显然差不多是要开始把事情搞砸的时候了。

2

在故事继续下去前,有几件事得先告诉你。首先,这故事发生的
当下,我妈是三十二岁。她只比大卫·贝克汉姆大三岁,比罗比·威
廉斯大一岁,比詹妮弗·安妮斯顿还小四岁。这些事情她记得可清
楚了。如果你有兴趣,她还可以提供一份更长的名单。不过这份名
单上没什么真正的年轻人就是了。她不会说"我比乔斯·史东大十
四岁"那类的话。她只记得跟她年龄相近而且长得好看的人。

一开始就外表看来,她当一个十五岁男孩的妈也还说得过去,但
从去年开始事情有了变化。首先,我长高了十公分,所以愈来愈多人
以为她是我阿姨,甚至我姐。除此之外……嗯,我不知道该怎么说。
这样好了,不如我转述一段我跟兔子的对话给你听。兔子是我玩板
认识的朋友。他大我两岁,也会去滑杆城玩板,我们常常带着各自的
滑板在公车站巧遇,要不就是在"碗公"遇见,有时候不方便去滑杆
城,我们就会去那里玩板。"碗公"可不是真的碗。它是一个水泥池
塘,本来是为了取悦附近公寓居民而建的,但如今池里已经没有半点

水,因为他们担心有小孩会溺水。如果你问我的话,我觉得他们该担心的是小孩去喝池里的水,因为以前人们从酒吧之类的地方回家的路上,都会在池塘里小便。现在池塘干涸了,如果你只有半小时可以玩板,这里是个不错的场地。我们一伙共三人老是霸占着这里——我、兔子,跟垃圾。垃圾完全不会滑板,这就是为什么他被叫做垃圾,不过还好他说起话来还挺上道的。如果你想学点玩板的技巧,你该仔细看看兔子。如果你想找个人来段还不算太疯狂的对话,那找垃圾就对了。在一个完美的世界里,一个人应该具备兔子的玩板技术跟垃圾的头脑,但你也知道,这世界并不完美。

有一天傍晚,我在"碗公"里闲晃,兔子也在,然后……就像我说的,兔子不大聪明,但即便如此,他说的话还是让人难以置信。以下是我们的对话。

"哟,山姆。"他说。

对了,我有跟你说过我叫山姆吗? 嗯,总之你现在知道了。

"还好吧?"

"最近过得怎样?"

"还可以。"

"那就好。嘿,山姆。我想起来我有个问题要问你。你认识你妈吗?"

你现在明白我说他不聪明是什么意思了吧? 我回答他,是,我认识我妈。

"她最近有跟谁约会吗?"

"我妈?"

"对啊。"

"你为什么想知道我妈最近有没有跟谁约会?"我问他。

9

"你管好你自己的事就好了。"兔子说。然后他开始脸红了。

我无法相信我的耳朵。兔子想要跟我妈约会!我的脑海突然浮现一个画面:我回到公寓,看见他们俩蜷缩在沙发上看 DVD,我忍不住笑了。我妈选男友的眼光虽然不大好,但也没笨到这种地步。

"什么事情这么好笑?"兔子说。

"没有,没有,但是……你觉得我妈几岁?"

"几岁?我不知道。"

"你猜啊。"

他看着空地,好像可以从空地那看见她一样。

"二十三?二十四?"

这一次我没笑。兔子真是个白痴,白痴到让人笑不出来。

"嗯,"我说,"给你一点提示。我几岁?"

"你?"

他显然看不出来这两件事有什么关联。

"对,我。"

"我不知道。"

"好吧,我十五岁。"

"好,所以呢?"

"所以,假设她生我的时候是二十岁。"我不打算说出她真正的年纪。因为那可能没有老到会让他打退堂鼓。

"对哦!"他突然懂了,"哦,天啊!她是你妈。我怎么没想到这点。我是说,我知道她是你妈,但是我从来没有,就是,算过……妈的!听着,别跟她说我问过这些问题,好吗?"

"为什么不要?她会受宠若惊的。"

"是没错啦,不过,你知道的。三十五岁。她可能有点饥渴。而且我不想要一个三十五岁的女朋友。"

我耸耸肩:"你确定就好。"

就是这么回事。你应该明白我的意思了吧?而且兔子还不是唯一一个。我其他朋友虽然没说什么,但从他们跟我妈说话的方式看得出来,他们觉得她还蛮正点的。好吧,我看不出来我妈正点在哪,如果这个人跟你有血缘关系,本来就看不出来,对吧?但我怎么想并不是重点,重点是我有一个三十二岁的妈妈,让有些人——跟我差不多年纪的人,为此迷恋不已。

还有一件事我也要说。就是关于我家族的故事,就我看来,基本上是同样的剧情不停地重复上演。某个人——可能是我妈、我爸或是我外公,他们一开始都以为自己在学校会有不错的表现,然后可能会上大学,接着赚进大把钞票。但最后他们都做了些蠢事,得花上后半辈子收拾残局。有时候孩子们的表现似乎总会超越父母。你知道的——例如谁的爸爸是煤矿工人之类的,但他儿子却是英格兰足球超级联赛的球员或是选秀节目冠军,或是发明了网络。听到这些故事总会让你觉得整个世界正不断向上提升。但是在我们家族里,总是刚踏上阶梯就摔倒了。事实上,可能连楼梯在哪都找不到。

如果你猜对我三十二岁的妈妈当年犯了什么错,并没有奖品可拿,猜对我三十三岁的爸爸犯了啥错也一样没奖品。至于我外公犯的错,是他以为自己能成为一名足球选手。他打算靠这赚进大把钞票。当年女王公园巡游者提供他一个预备队员的名额,那时女王公园巡游者还算不错。所以他辍学,跟球队签了约,在队里待了几年。他说现在的球队都会让年轻球员们继续考试,如果他们没有成功,至少还可以回学校念书。但是当年什么都没有,我外公一直到十八岁才被球队放出,而他没有一技之长,也没受过任何专业训练。我妈则是认为自己会上大学,却在十七岁生日前夕结了婚。

每个人都认为我也会做一些跟玩板有关的蠢事,而我不断告诉他们我没什么蠢事可做。托尼·霍克十四岁的时候就成为职业选手,即使他身在加州,有一段时间还是赚不到钱。我在伊斯林顿又怎么可能成为职业玩板选手?谁会付我钱呢?他们又为什么要付钱给我?所以他们不再担心玩板这件事,开始担心我的学业。我知道这对他们来说有多重要。我自己也很重视学业。我想要成为家族中第一个还在学就拿到学位证书的人。(我妈是离开学校后才拿到了一纸证书,但那是因为她生了我才搞砸的。)我立志要打破这个家族惯例。吉勒特太太问我有没有想过要进大学主修艺术设计……这可是件大事。当时我可是立刻回家跟妈说的,只不过我现在宁愿当初什么都没说。

艾丽西亚跟我不同校。我喜欢这样。我跟同校的人约会过,有时会觉得这样有些幼稚。他们会在课堂上传纸条给你,就算你们不同班,一天也至少会在校园里撞见他们五十次。在你们去任何地方约会之前,你已经对他们感到厌烦了。艾丽西亚念的是圣玛莉与圣麦可中学,我喜欢听她谈我不认识的老师,还有永远不会碰到的学生,感觉上我们有更多话题可以聊。如果你跟一个只知道某个运动明星脸上有几颗青春痘的人在一起,很快就会感到无趣了。

艾丽西亚她妈跟我妈是在议会认识的。我妈在议会工作,而艾丽西亚的妈妈是个议员,当议员有点像是在当首相,只不过统治的不是整个国家,而是伊斯林顿或是海克尼或是任何区域的一小部分。老实说,这工作有点浪费时间。毕竟决定的不是朝着本·拉登丢炸弹那类的事,整天谈论的只是如何鼓励更多的青少年使用图书馆,我妈正是因为这个话题而认识了艾丽西亚的妈妈。

总之,那天是艾丽西亚妈妈的生日,她办了个派对,邀请我妈参加,也邀请我妈带我一起过去。根据我妈的说法是,艾丽西亚说她想要认识我。我才不信。谁会说那种鬼话?至少我不会。我现在认识了艾丽西亚,以我对她的了解更肯定她不会。我会说我想认识 TH,艾丽西亚会想认识,我不知道,凯特·摩丝、凯特·温丝莱特,或是穿名牌的名女人。你不会去跟别人说,你想认识某个你妈在议会认识的人的儿子。如果你问我的话,我认为可能是艾丽西亚的妈妈试着帮她找些朋友。或者应该说,帮艾丽西亚找一些她认可的朋友,甚至是男朋友。嗯,这么一来可就大错特错了,对吧?

仔细回想,我也不知道当时我为什么会去。事实上,这么说也不对。我会去是因为那时我跟我妈说我不想去,不想认识任何她喜欢的女孩。我妈对我说:"相信我,你会想要认识她。"

她说这句话口气之严肃,让我吓了一跳。我看着她。

"你怎么知道?"

"因为我见过她。"

"你觉得她是我喜欢的女生?"

"就我看来,她是所有男生都会喜欢的女孩。"

"你的意思是说,她是万人迷?"

"山姆!"

"对不起,可是听起来就是那样。"

"我说的完完全全不是那样。我非常注意用词。我说所有男孩都会喜欢,可没说她喜欢所有男孩。你明白其中的分别吗?"

妈总是认为我有性别歧视,所以我试着小心翼翼地说话——不只跟她,而是跟所有人。如果你在某些女孩面前发表一些不带性别歧视色彩的谈话,她会更喜欢你。例如当你的同学在说女生有多蠢,这时你就得说"不是所有女生都很蠢",如此一来会显得你很棒。当然,那时一定要有女生在场,否则说这些也是白搭。

不过妈是对的。她没说艾丽西亚是万人迷,只说艾丽西亚很招人喜欢,这两者是不同的,对吧?我很讨厌说错话被她抓到的感觉。总之,这引起了我的兴趣。妈竟然会说某个人是美女……感觉多少有些官方认定的味道。我想,我的确想知道一个被官方认可为美女的女孩长得如何。这并不表示我想要跟她说话,但我的确想去瞧瞧。

我对交女朋友没啥兴趣,这件事不在我的考虑范围内。我过去从来没有和一个人交往超过七个星期,而且七个星期里有三个星期其实不能算数,因为那三个星期我们根本没见面。那时我想甩了她,她也想甩了我,所以互相避不见面。如此一来,名义上还是在一起。除了这一段之外,其他大都也是两三个礼拜就吹了。我知道如果真的想谈恋爱,我得更认真才行,但我觉得跟兔子一起玩板,比跟一个其实不是很熟的人坐在麦当劳里开心多了。

我妈为了这个派对慎重打扮,她看起来还可以。她穿黑色洋装,上了淡妆,你可以看得出来她是精心打扮过的。

"你觉得怎样?"她说。

"嗯,还可以。"

"你的还可以是说还不错,还是勉强及格?"

"比及格还好一点,但也不算真的很好。"

她看得出来我是在开玩笑,所以作势打了我的耳朵。

"这样穿得体吗?"

我懂妈的意思,但是我对她做了鬼脸,好像她刚说的是日语,妈叹了口气。

"这是一个五十岁生日宴会，"她说，"你觉得我这样打扮合适吗？会不会不适合那样的场合？"

"五十岁？"

"对。"

"她五十岁了？"

"对。"

"搞什么鬼呀！那她女儿几岁了？三十好几？我怎会想跟一个三十岁的女生来往。"

"她十六岁。我跟你说过了。如果你三十四岁才生小孩，等孩子十六岁的时候，你就五十了。这很正常。我本来也应该这么做才对。"

"所以她生下那女孩时比你现在还老。"

"你说艾丽西亚？没错。而且就像我说的，这不奇怪。很正常。"

"我很高兴你不是五十岁。"

"为什么？对你来说有什么差别？"

她说得对，真的。对我来说真的没啥太大差别。

"你五十岁时我已经三十三岁了。"

"所以呢？"

"到时候我就可以喝个烂醉，而且你不能管我。"

"这是我听过要在十六岁生小孩最好的理由。事实上，这是我听过唯一一个要在十六岁生小孩的理由。"

我不喜欢她说这种话，会让我觉得整件事都是我的错。好像是我说服她我想要提早十八年报到。当一个不请自来的小孩就是得面对这种问题，面对现实吧，我就是这种小孩。你得不断提醒自己，那是他们的主意，不是你的。

他们住在海布里新公园附近,那里的房子都很大又有点旧。我从没进去过。妈因为工作还有读书协会的关系,认识一些住在那种地方的人,但我不认识。我们家离这大概只有半英里远,但在我认识艾丽西亚以前,我没有什么理由来这里,他们家的一切都跟我们家很不一样。他们家很大,而我们家住公寓;他们家很旧,我们家是新的;她家有些凌乱还有点灰尘,而我们家既整齐又干净;他们家书堆得到处都是。倒不是说我家都没有书,我妈大概有一百本,我大概有三十本。可是他们家大概每个人都有一万本,至少看起来是有那么多。他们家走廊上有一个书柜,楼上还有更多,而且书柜顶部也塞满了书。我们家的书都是新的,他们家的书都是旧的。我比较喜欢我们家,但还是希望家里不止两间卧房。每当我想象未来会是什么样子,脑海中的画面会是:一栋好多房间的房子。我不知道要这么多房间干吗,因为我打算一个人住。就像有一次我在 MTV 台看到的滑板选手,他有一栋非常大的房子,有一个游泳池、一张台球桌,还有一座小型的滑板公园,里面有防护墙和 U 形坡道。他没有跟女友同居,也不跟父母住,除了他就没有别人了。我也想要那样的生活。我不知道如何达成这个目标,但那不重要,至少我有个目标。

妈跟安德烈亚,也就是艾丽西亚的妈妈打招呼,然后安德烈亚要我去艾丽西亚坐的地方打声招呼。艾丽西亚看来并不想理人。虽然这是个派对,但她却躺在沙发上看杂志。当她妈妈跟我走向她的时候,她的反应像是,她生命中最无聊的晚上即将变得更糟糕。

我不知道你会怎么想,但是当父母在我身上大玩配对游戏时,我总是立刻认定那个配给我的人一定是全英国最大的混蛋。不管她长得是不是像布兰妮以前那么漂亮,或是她也觉得《霍克——职业:滑

16

板选手》是有史以来最棒的书。只要那是我妈的主意，我一定不感兴趣。交朋友的重点就是你自己选。不能选自己的亲戚，例如你伯父伯母堂兄弟姊妹之类的，已经够糟了。如果连朋友都不能自己选，我可能这辈子都不会再跟任何人说上一句话。我宁愿住在无人岛，只要这个岛是用水泥做的，而且我有带着滑板就行了。例如一个荒废的安全岛，哈哈。

总之，我可以不跟别人说话，但是她以为她是谁，坐在那里噘着嘴，头还别过一边？她可能从没听过托尼·霍克，或是绿日乐队，或是任何酷的事情，她凭什么这么做？

我想过要表现得比她更生气。她坐在沙发上，整个人陷下去，还把腿伸直，头别过去不看我，看着对面放满食物的餐桌。我用同样的方式陷入沙发里，把脚伸直，看着我这边的书架。我们的动作是如此精心编排，看起来一定很像那种快乐儿童餐玩具里的塑胶假人。

她很清楚我在取笑她，却没有因此更生气，她大可这么做的，但她反而笑了。当她笑的时候，我感觉身体某部分好像彻底翻转了。突然间，我急切地想让这女孩喜欢上我。你大概也猜到了，我妈是对的。她的确美得像是经过官方认证。如果她想要的话，伊斯林顿议会应该发一张证书证明她的美，而且根本不需要动用她妈妈的关系。她那时候有、现在也还有一双灰色的大眼睛，她的眼睛偶尔会让我喉咙到胸口间感到疼痛。而她的秀发像稻草般金黄，虽然很乱，看起来却很酷。此外，她很高，但不像很多高个儿女孩瘦巴巴的没胸部；还有，她没我高；肌肤就像水蜜桃一样……我真的很不擅长描述别人的长相。我只能说，当我看到她的时候，我很气我妈没有抓着我的脖子然后对着我大吼。好吧，她是给了我一点提示，但是她应该给我更多提示的。她应该要对我说，例如："如果你不来，你这辈子的每一分钟都会后悔,你这白痴!"

"你不应该往我这看的。"我对艾丽西亚说。

"谁说我是在笑你?"

"你要不是在笑我刚刚的行为,就是你脑袋有问题。因为这里没其他事情值得笑。"

严格来说,这也不是事实。她有可能是笑在一旁跳舞的她爸。此外,这里有很多人的裤子跟上衣也挺好笑的。

"也许我是在笑某件记得的事。"她说。

"例如?"

"我不知道。生活里常有一堆好笑的事会发生,不是吗?"

"所以你突然间想起所有发生过的好笑的事,才笑了出来?"

这样的对话我们持续了好一会儿,彼此胡闹着。我开始感到放松。我成功让她开口跟我说话了,我只要让一个女孩愿意开口,那么她注定要被我毁灭了,她无处可逃。但是接着,她安静了下来。

"怎么了?"

"你以为有所进展了?"

"你怎么知道?"我很震惊。因为我确实是这么想的。

她笑了:"你一开始跟我说话的时候,身上没有一条肌肉是放松的。现在你整个人都……"她摊开手脚,像是模仿某人坐在家里的沙发看电视的模样。"嗯,你搞错了。"她说,"没有那么快,而且可能永远不会有那么一天。"

"好吧。"我说,"谢谢。"我觉得自己只有三岁。

"我不是那个意思。"她说,"我是说,你知道的,你得继续努力。"

"也许我不想再努力下去了。"

"我知道你在说谎。"

我再度转头看着她，想看看她有多认真，我看得出来她半开玩笑，所以愿意原谅她。她看起来比我大，我想是因为她常忙着应付那些两秒内就爱上她的男孩。

　　"如果可以选择，你会希望自己现在在哪?"她问我。

　　我不确定该说什么。可是我知道答案。答案就是我不想去其他地方。但如果这么跟她说，我就死定了。

　　"我不知道，可能是去玩板吧。"

　　"你会玩板?"

　　"对，不是冲浪板，是滑板。"我知道我说过我不会再解释，但有时候别无选择，毕竟不是每个人都跟我一样酷。

　　"我知道什么是玩板，谢谢。"

　　她拿下太多分了。很快我就会需要一台计算机来算总分。不过我不想跟她谈玩板，除非我知道她对玩板的看法。

　　"你呢? 你会希望现在人在哪里?"

　　她迟疑了一会儿，好像即将说出什么令人尴尬的答案。

　　"事实上，我只想待在这张沙发上。"

　　这是第二次，她仿佛知道我在想些什么，只是这一次更棒。她说出了我想说的答案，而且是以她自己的名义说出口。她的分数即将破几十亿了。

　　"就在这里。只不过不要有其他人待在这间房里。"

　　"哦。"我开始脸红，而且不知道该说些什么。她看着我，然后笑了。

　　"一个人都没有，"她说，"包括你在内。"

　　她的分数顿时被我倒扣了几十亿分。没错，她的确可以看穿我的心思。但是，她把超能力用在邪恶的一面，而不是用在好事上。

"抱歉,这么说听来有点无礼,但我很讨厌我父母开派对。那会让我只想要一个人静静地看电视。我很无趣吧?"

"不,你绝对不无趣。"

有些人会认为她的确很无趣。她大可回答她想去世界上任何一个地方,可是却选择待在家里,这么一来可以看选秀节目,而且没有人会烦她。但是这些人不会了解她为什么这么说,她说这些话是为了激怒我。她知道我误以为她会说些浪漫的话。她知道我希望她说:"我想待在这里,除了你,没有其他的人。"但是她省略了最后一句话好践踏我。我觉得这招虽然残酷,但真的很聪明。

"所以你没有兄弟姐妹吗?"

"这又有什么关系?"

"因为你说如果你父母没开派对,你就可以一个人待在房里。"

"哦,对啊,我想是吧。我有个哥哥。他十九岁,在念大学。"

"他念什么?"

"音乐。"

"你喜欢什么音乐?"

"哦,挺流畅的。"

有一瞬间我以为她是说她喜欢旋律流畅的音乐,但随后意识到她是在取笑我试图制造对话的机会。她开始让我有点抓狂了。我们要不就继续聊,要不就不聊。如果我们打算继续聊,问她喜欢什么音乐还算过得去。也许并不是多了不起、多有创意的问题,但是她的态度让这个问题听起来像是我要求她把衣服脱了一样。

我站起身。

"你要去哪?"

"我想我是在浪费你的时间,很抱歉。"

“你还可以。坐下来。”

“你想要的话，可以假装这里没有其他人。你可以一个人坐在这里沉思。”

“那你要做什么？你要跟谁聊天？”

“我妈。”

“啊，真贴心。”

我生气地打断她的话。

“听着！你很美。但问题是，你以为自己长得美，就可以把其他人当成垃圾。很抱歉，我可没那么饥渴。”

然后我把她一个人留在那。这是我生命中最棒的时刻之一：我说的每句话都恰到好处，而且都是认真的，我很高兴我说出口了。不只是为了做效果，我是真的很讨厌她，大概讨厌了二十秒吧。二十秒过后，我冷静下来，又开始想，要怎样才可以继续跟她说话。我希望我们的对话能有其他后续发展。例如，在我们约会几个礼拜之后，会发展成一个吻，然后是婚姻。但是我讨厌她给我的感觉。我太紧张、太渴望了，注定会搞砸，而且我很可悲。如果我们还会交谈，一定得是她愿意才行。

我妈在跟一个男的说话，她看到我出现并不是太兴奋。我猜她应该还没跟对方聊到我，你应该懂我的意思。我知道她爱我，但三不五时碰到这种情形，她都会碰巧忘了提起她还有个十五岁的儿子。

“这是我儿子，山姆。”我妈说。但我看得出来她宁愿说我是她弟，甚至是她爸。“山姆，这是奥利。”

“奥利！”我说，然后我笑了。他看起来很沮丧，妈则是看起来很恼火，所以我试着解释。

"奥利!"我又说了一次,以为他们会懂,但他们还是一头雾水。

"你知道的。"我跟我妈说。

"我不知道。"她说。

"就跟那个滑板技巧一样。"因为有一个滑板技巧就叫做奥利。

"真的那么好笑? 真的吗?"

"对啊。"我说。但我其实没那么确定。我跟艾丽西亚说完话以后,整个人已经陷入一团混乱,现在状况不是很好。

"他叫做奥利弗。"妈说。"没说错吧?"妈看着他,他点点头。"你听过奥利弗这名字吗?"

"听过,但是……"

"所以简称奥利。"

"对,我知道,但是……"

"如果他叫马克呢?"

"不好笑。"

"不好笑吗? 你知道的……马克! 会不会让你联想到某人裤子上的污渍! 哈哈哈!"妈说。

千万别跟你妈一起参加派对。

"裤子上的污渍呀!"她又说了一次。

接着艾丽西亚朝我们这边走来,我看着我妈,仿佛对她说:"快!再说一次'裤子上的污渍'这个笑话,不过不适合在奥利面前说。"我想她应该看懂了我的眼神。

"你没有要离开吧?"艾丽西亚说。

"我不知道。"

她拉着我的手带我走回那张沙发。

"坐下。你离开是对的。我不知道刚才为什么会那样。"

“你知道的。”

“那你说说看是为什么？”

“因为大家把你宠坏了。”

“我们可以重新开始吗？”

“如果你想要的话。”我说。我不是很确定她办不办得到。虽然我们都听过“风水轮流转”这句话，知道做人应该留点余地。但我怀疑风水真的会轮流转吗？她会不会永远都那么愤怒自大？

“好吧，”她说，“我喜欢嘻哈音乐，但没有非常喜欢。我还喜欢野兽男孩乐队，还有坎耶·维斯特。我听一点嘻哈，也听一些节奏蓝调。还有贾斯汀。你认识‘REM 乐队’吗？我爸很喜欢他们，所以我也跟着喜欢。我还会弹钢琴，所以有时会听古典音乐。就这样。看来回答这个问题也不会要我的命嘛！”

我笑了。就是从此刻开始，她不再把我当成敌人。突然间我变成了她的朋友，我只不过选择走开，没想到就改变了这一切。

当朋友当然比当敌人好多了。毕竟还有一个派对得熬过去，有个朋友意味着有人可以一起聊天。我可不打算在那边听我妈为了奥利的烂笑话笑得花枝乱颤，所以我只能跟艾丽西亚一起度过。就眼前状况看来，我很高兴我们是朋友。但长期来说，我就不那么肯定了。我不是说艾丽西亚不会是个好朋友。她会是个很棒的朋友。她很有趣，而且我没认识几个像她这样的人。但是照这种情形看来，我知道我不想跟她仅止于朋友，你应该懂我的意思；而我担心她开始对我友善，表示我没有再进一步的机会了。我知道这样想不对。妈总是告诉我，任何关系都必须先从朋友开始。但就我的观察，我刚抵达这个派对的时候，她看我的眼神，似乎透露着我有可能成为她的男朋友，这就是为什么她如此尖锐跟难搞。所以我搞不清楚的是，她现在又为了什么理由把这些尖锐的刺拿掉？因为有些女孩喜欢来这一套。你知道，如果女孩子喜欢跟你斗嘴，有时就代表你有机会了。如果这个世界没有被搞砸，事情不该是这样的。在正常的世界里，女孩子对你友善，应该会是好兆头，可惜在现实世界里，她对你友善通常不是什么好事。

结果艾丽西亚对我友善，原来是个好预兆，所以这个世界其实没有我想象中那么不堪。我几乎当下就知道那是个好预兆，因为她开始谈论我们可以一起做些什么。她说想去滑杆城看我玩板，然后问我想不想去看电影。

这时我心里既兴奋又紧张。虽然在我听来，她已经决定开始跟我约会，可是事情应该不会这么简单，对吧？还有，她怎么可能没有男朋友？照我看来，艾丽西亚有资格跟所有她喜欢的人约会。事实上，很可能真的是这样。

所以她提出看电影的邀约时，我试着，你知道的，试着打诨过去，想看看她会有什么反应。

"再看看。"我说。

"什么意思？"

"嗯，你知道的。有时晚上我得做功课。而且周末通常花很多时间玩板。"

"随便你。"

"总之，要我找其他人一起来吗？"

她看着我，好像我是疯了或蠢过头。

"什么意思？"

"我可不想跟你和你男朋友一起去看电影。"我说。你看得出来我的计划有多高明吗？我想借机找出事情的真相。

"如果我有男朋友就不会邀你了吧？如果我有男朋友,你现在就不会在这里,可能我也不会在这。"

"我以为你有男朋友。"

"你为什么会这么想?"

"我不知道。那你为什么没有男朋友?"

"我们分手了。"

"哦。什么时候?"

"星期二。我心碎了。你应该看得出来。"

"你们交往多久了?"

"两个月。他想跟我上床,但我还没准备好。"

"嗯。"

我盯着我的鞋子看。五分钟前她连喜欢什么音乐都不想让我知道,现在却跟我谈她的私生活。

"也许他会改变主意,"我说,"我是说,关于上床的事。"

"也许改变主意的会是我。"她说。

"嗯。"

她刚才的意思是说,关于还没准备好上床这件事,她有可能改变主意吗?换句话说,她是说她有可能跟我上床?还是说她有可能改变主意跟前男友上床?如果这样,那我算什么?她有可能跟我出去,但随时会离开我去跟他上床?这些事情似乎很重要,但我不知道该怎么问下去。

"嘿,"她说,"想上楼去我房间吗?看看电视?还是听听音乐?"

她站起来推着我上楼。现在是什么情况?她已经改变主意准备跟我上床了?那是我们上楼的目的吗?我要失去我的童贞了?我觉得我好像在看一部看不懂的电影。

过去有好几次我差一点跟别人上床，但我临阵退缩了。如果你有一个三十一岁的妈妈，那么十五岁就跟别人上床可是件大事。那时跟我交往的女孩，珍妮，一直跟我说一切会很美好，但我不知道她是什么意思，真的，而且我不知道她是不是那种想怀孕的女孩（我永远都不会了解她们是为了什么）。我们学校有几个年轻的妈妈，把小婴儿当成是 iPod 还是新款手机，某种想炫耀的小玩意儿。一个婴儿跟一台 iPod 可是有很大的不同。最大的不同是，没有人会想抢婴儿。深夜坐公车时，不需要把婴儿藏在口袋里。如果你仔细想想，这应该说明了什么，因为人们只会抢有价值的东西，也就是说婴儿没什么价值可言。总之我不肯跟珍妮上床，结果她把这件事告诉她几个朋友，因此有好一阵子，我在走廊或其他地方，都会有人对着我鬼吼。然后珍妮的下一个男朋友……事实上，我不想跟你说他说了些什么。总之是一些很蠢也很恶心的话，而且把我说得很坏，你只需要知道这么多就够了。在那之后，我把玩板这件事看得更认真了。这表示我可以花更多时间跟自己相处。

我们上楼来到艾丽西亚的房间，我幻想艾丽西亚会关上门，然后看着我，接着开始脱衣服。老实跟你说，我不确定我会有什么感觉。我是说，我当然会很高兴，但是另一方面，她可能期望我知道该怎么做，但我不知道。此外，我妈就在楼下，谁知道她会不会随时上来找我？而且艾丽西亚的父母也在楼下。如果她想上床，我觉得一定跟她甩掉那个男孩有很大的关系，而不是真的是因为我。

但我多心了。我们进了她的房间，关上门，然后她想起有一部《四十岁的老处男》①电影，她只看了一半，所以我们一起看完。我坐

---

① *The 40 Year Old Virgin*，由贾德·阿帕图执导的爱情喜剧电影，2005 年在美国上映。

在她房里那张老旧的扶手椅上,她则坐在我两腿之间的地板上。过了一会儿,她的背靠着我的膝盖。我是后来才记起来的。那种感觉像是被按摩一样舒服。电影结束后,我们下楼,我妈刚好在找我,接着我们就回家了。

但是我们走出大门后,艾丽西亚赤脚追了上来,递给我一张黑白明信片,上面是一对情侣正在亲吻。我盯着那张照片,我的表情看起来一定透露出我有点摸不着头绪,接着艾丽西亚转着她的眼睛然后说:"看背面。"背面是她的手机号码。

"方便明天约时间看电影。"她说。

"哦,"我说,"对哦!"

她离开后,我妈用力挑了挑眉,然后说:"所以你们要去看电影。"

"对啊,"我说,"看来是这样没错。"

然后我妈笑了,她说:"我没说错吧?我没说错吧?"

然后我说:"你没说错。"

TH 十六岁的时候失去童贞。那时他在弗吉尼亚海滩,一个叫做崔许摩尔的地方,参加爬坡王的比赛。书里说,他的第一次只维持了滑完半趟坡道比赛的时间。坡道比赛滑完一趟只需要四十五秒。所以他维持了二十二点五秒。我永远不会忘记这个数字。

隔天是星期天,我跟兔子一起去滑杆城。或者应该说,我是在公车站遇到兔子,所以我们就结伴同行。兔子可以做出我做不到的招数——他已经成功做出坡道回转跳跃很久了,而且就快要做出坡道空中旋转跳跃了,那是一个在坡道顶端上做出五百四十度旋转的动作。

我试着跟我妈讨论各种玩板招数时,她总会被数字搞混。"五百四十度?"我试着跟她描述坡道空中旋转跳跃这个动作时,她这么回应我,"你怎么知道自己转了五百四十度?"好像我们是花时间一度一度慢慢算。但是五百四十度只不过是三百六十度加上一百八十度,换句话说,也就是转一圈半。我解释给她听之后,她似乎有些失望。我想她以为玩板会让我变成某种数学天才,然后在脑子里算出其他小孩得用电脑才算得出的算术。顺便告诉你,TH 可是转了九百度。如果我告诉你,基本上这种动作是不可能达成的,你就会开始明白为什么该有个国家以他为名。

坡道空中旋转跳跃真的很困难,我甚至连试一下都没想过,如果要练习这个动作,最后的下场应该就是不停地亲吻水泥地。练习时,每隔几分钟就会摔一次,但那就是兔子的优点。因为他太迟钝了,不介意得亲地板多少次。他为了玩板大概已经掉了三百颗牙齿吧。我很讶异经营滑杆城的人没有把他的牙齿放在墙上,好防止夜间有人闯入,就像有些人会在墙上放碎玻璃一样。

那天我过得并不好。我分心了,无法不去想晚上的电影之约。我知道这听起来很蠢,但我可不想带着流血发肿的双唇赴约。过去的经验告诉我,星期天比其他日子更容易摔到双唇发肿。

总之,兔子注意到我只是随便做了一些豚跳,他走了过来。

"怎么了? 没胆跳啊?"

"有一点。"

"会糟到哪去呢? 我都这么想。为了玩板我大概进了急诊室十五次。最痛苦是去医院的路上,因为非常痛。你躺在那里只能不停地呻吟,血流得到处都是。你会纳闷,这一切值得吗? 接着他们会给你一些药好减轻疼痛。当然如果你已经不省人事,自然就连药都不用吃了。"

"听起来还不赖。"

"这只是我个人的哲学。你知道的。就算再痛也不会要了你的命。除非情况真的很严重。"

"也对。谢了。我会好好思考。"

"真的吗?"他看来有些惊讶。我猜没什么人对兔子说过,会仔细思考他说的话。我会这么说只不过是因为我根本没认真听。

我不打算跟他说些什么,跟兔子聊天有任何意义吗?但我意识到要我不跟任何人提起艾丽西亚,简直跟杀了我一样难过,如果我不跟他说,就只能回家跟妈或是 TH 说。有时跟谁说并不重要,只要能说出来就行了。这就是为什么我花了半辈子跟一个真人大小的海报说话。至少兔子是个活生生的人。

"我认识了一个女孩。"

"在哪认识的?"

"这很重要吗?"我可以预见这段对话将令人感到很受挫。

"我想试着想象那个场景。"兔子说。

"在我妈朋友的派对里。"

"所以她很老吗?"

"没有,跟我差不多年纪。"

"她在派对里做啥?"

"她住在那里,"我说,"她……"

"她住在一个派对里?"兔子说,"怎么办到的?"

我错了。跟一张海报解释这些事情容易多了。

"她不是住在派对里。她住在办派对的那栋房子里。她是我妈朋友的女儿。"

兔子重复了一遍我说的话,好像那是有史以来最复杂的一句话。

"等等……你妈的……朋友的……女儿。好,我懂了。"

"很好。我们今晚要出去。去看电影。我担心我的脸会被砸烂。"

"她为什么会想砸烂你的脸?"

"不,不。我的意思不是担心她砸烂我的脸。我是担心在这把我的脸砸烂。万一摔得很严重,你懂吗? 这样我看起来会很糟。"

"懂了。"兔子说,"她很正吗?"

"正到爆。"我说。我确定那是事实,但其实已记不起来她长什么样子。我花了太多时间想她,以至于记不起来她确切的长相。

"啊,嗯。"兔子说。

"什么意思?"

"面对现实吧,你没那么帅,不是吗?"

"对,我不够帅。我知道。多谢你帮我增加自信。"我说。

"不过仔细想想,我认为你若真的把脸摔烂了可能比较好。"兔子说。

"怎么说?"

"嗯,你看,如果你去约会,脸上有,你知道的,眼睛黑青,甚至鼻子断了,你就可以跟她说你看起来很糟是因为玩板。但是如果你现在这样赴约……你要用什么借口? 什么都没有。"

我受够了。我试着跟兔子说话,但行不通。不只行不通,还会让人很不爽。要跟艾丽西亚去看电影,我是真的很紧张。事实上,记忆中除了第一天上小学之外,我不曾如此紧张。而这个白痴竟然告诉我,我唯一有机会成功的方式,就是让我的脸流血又发肿,如此一来,她就看不到我本来的长相。

"你知道吗,兔子? 你说得对。我不想搞砸这次约会。所以我决定整个下午都来练习抛板着地跟坡道回转跳跃。"

"干得好啊!"

然后我就在他面前拿起我的滑板,直接出大门走到街上。我想找 TH 谈谈。

回家的路上,我想起我还没跟艾丽西亚约。上了公车之后,我跑到上层,一个人坐在右前方。然后从口袋拿出艾丽西亚给我的明信片,拨了她的号码。

当我说"哈喽"的时候,她没认出我的声音,我一度觉得很不舒服。该不会这一切都是我自己幻想出来的? 我知道这个派对确实存在。但也许她没有我记忆里那么热切,也许她邀我去看电影只是因为……

"哦,嗨。"她说。我可以听得出来她在微笑。"我还在担心你不会打电话来呢。"我的不舒服这时全消失了。

听着:我知道你对细节没兴趣。你不会想知道我们约了几点见面之类的琐事。但我要说的是,那天真的很特别,我记得那天的每分每秒。我记得那天的天气,我记得公车的味道,我记得一边跟她讲手机的时候,我的手一边抓着鼻子上的小伤疤。我记得回家时对 TH 说了什么,我记得我穿了什么衣服出门,还有她穿了什么,还有我见到她时,一切是那么自在。也许有人会因为我跟她之后的发展,认为这不过是通俗肮脏、典型的青少年罗曼史。但绝对不是,我们之间完全不是那样。

我们没进去看电影。我们在电影院外面聊天,接着到隔壁的星巴克买星冰乐喝,然后我们就一直坐在那里。每隔一阵子我们之中就有一个会说:"如果要看电影的话,最好该走了。"但我们没人真的起身。最后是艾丽西亚提议回她家的。当时机成熟,也是她说要上床的。这完全超出我的预期。

在我们共度那晚之前，其实我有点怕她。她人美，她爸妈看起来都有点高傲，我担心她只因为我是她妈妈的派对里唯一跟她年纪相仿的人，才决定跟我约会。但既然派对结束了，她可以跟任何她喜欢的人聊天，就不见得非得跟我约会不可。

其实她并不可怕，真的。她没有那种高傲的气息，也不是你们想象中的那种优等生。这样说好像不大好，她其实并不笨。但因为她妈是议员，她爸在大学教书，你会以为她在校成绩应该还不错。那天她花了半个晚上在谈挂掉的科目、闯过的祸，还有被禁足的次数。派对当晚，她正是被禁足了，这就是为什么她会出现在那。此外，一如我之前猜的，她从没跟她妈妈说过想见我，全都是屁话。

她不想上大学。

"你想上大学？"她说。

"对啊，当然。"

"为什么是'当然'？"

"我不知道。"

我其实知道。只是我不想谈我家族的历史。如果她发现我们家族没有一个人——我父母、祖父母、曾祖父母，没有人，曾经上过大学，那她可能一秒都不想跟我继续相处下去。

"那你毕业后打算做什么？"我问她。

"我不想跟你说。"

"为什么？"

"你会认为我很自大。"

"为什么我会认为你很自大？"

"自大有很多种。不一定是跟考试那些事情有关。"

我被搞糊涂了。既然跟考试或是运动无关,我想不到有什么事情会让我觉得她很自大。突然间我甚至不确定"自大"这两个字是什么意思。自大是指自以为很优秀,对吧? 可是我一直以为,自大通常指的是自以为聪明。就像不会有人因为 TH 能够完成很多困难的玩板技巧,就说他自大。

"我发誓我不会认为你自大。"

"我想当模特儿。"

嗯,这下我懂她的意思了。她是在炫耀没错。但我该说什么? 我可以跟你说,这种情况很诡异。千万别跟想当模特儿的女生出去,但话说回来,跟一个有模特儿长相,但是没有模特儿般平胸的女生约会,不正是我们梦寐以求的吗? 当然,如果你正在跟一个想当模特儿的女生交往,可能不会想听我说这些。(不过绝对要避免跟想当模特儿的丑女约会。不是因为她们丑,而是她们疯了。)

我当时不大了解模特儿这个行业,现在所知更少。我看得出来艾丽西亚非常美,但是她没有瘦到像竹竿一样,而且脸上有一些斑,所以我不知道她有没有机会成为下一个凯特·摩丝。我认为也许没办法。我也不确定她跟我说这些,是因为这真的是她的抱负,还是只是想听我对她说我有多迷恋她。

"那一点都不自大,"我说,"只要你有心的话,你很容易就可以成为模特儿。"

我知道自己在说什么。我只是竭尽所能地讨好她。我不知道有谁会相信我说的话,但那并不重要。

那晚是我们第一次上床。

"你有东西吗?"艾丽西亚说,当我们显然需要某样东西的时候,她这么说。

"没有,当然没有。"

"什么叫'当然没有'?"

"因为……我以为我们会去看电影。"

"你都没随身携带?以防万一?"

我摇摇头。我知道学校有些男生会这么做,但大部分只是炫耀,让自己看起来更酷。有一个叫罗比·布雷迪的小子,同样一个杜蕾斯安全套的盒子,大概拿给我看过十五次了吧。我心想,嗯,这谁都可以买得到。买安全套不算什么。但我什么都没说。我总以为如果我需要用到,事前应该会知道,我向来如此。从来不会想说,今晚我要上某个不认识的人,所以最好带个安全套在身上。我一直期待这件事是计划过的。我以为我们会预先讨论,当一切要发生时,我们都准备好了,然后过程会很放松,很特别。我向来不喜欢学校里那些人说起他们自己的经验的那种语调。他们总是沾沾自喜,但他们的经验跟你在书上读过的,或是在 A 片里看过的都不大一样,他们口中的过程总是很快,而且有时发生在户外,甚至旁边还有人。与其那样,我宁愿不做。

"哦,你是个好男孩,"艾丽西亚说,"我前男友随身携带安全套。"

你懂了吧?这就是我说的。他总是随身携带,但是从没机会使用,因为艾丽西亚不喜欢她前男友给她压力。有时候安全套真的真的可以避孕,如果你总是随身携带,那么根本不会有人想跟你上床。至少我是跟一个想跟我上床的人在一起。不过这样会比较好吗?艾丽西亚的前男友,因为总是随身携带安全套,所以没能跟她上床;而我却因为没带安全套,而不能跟艾丽西亚上床。但至少她愿意跟我上床。整体来说,我还是很高兴我能做我自己。

"我去偷一个。"艾丽西亚说。

"去哪偷？"

"我爸妈的房间。"

她站起身，开始走向门。她穿了一件背心跟灯笼裤，如果有人看到她，不需要是天才也猜得出来她房间里发生了什么事。

"你会害我被杀死。"

"拜托，别这么多愁善感。"她说，但是没有解释为什么担心被杀是一种多愁善感的表现。对我来说，这只是常识。

我一个人在她房间里待了两分钟，这两分钟我躺在床上，想着我们是怎么发展到现在这个地步，但其实过程短到没什么好想的。我们进了屋子，跟她父母打招呼，上楼，差不多就这么简单。我们什么都没谈过，只是做了想做的事情。但我很确定，艾丽西亚之所以想做，是因为她前男友，其实跟我没啥关系。我当然知道，她会愿意跟我做，一定是不讨厌我。但是她在派对里跟我说她可能会改变主意的时候，我看得出来她想要报复。有点像是存心要开他玩笑。前男友一直求她，她却拒绝，于是他不爽，所以甩了艾丽西亚，因此艾丽西亚决定只要下一个男友还算体面，就要跟他上床。我跟自己打赌，如果我们真的上床了，这将不会是我们之间的秘密。她会想办法让前男友知道她不是处女了。这就是重点。

突然间我不想做了。我知道，我真的知道。有一个我非常喜欢的漂亮女孩，刚带我进她房间，这摆明了我们上来是另有目的。但是当我弄清楚是怎么回事之后，感觉就不对了。感觉好像房里有三个人，我、她，还有他。这是我的第一次，我不想要有太多人。我希望等到他离开后，再确定艾丽西亚是不是仍然对我有兴趣。

艾丽西亚回来了，手上拿了一个小小银色正方形的包装。

"好啦!"她说,她举起手在空中挥舞。

"你确定它,你知道的,可以用吗? 没有过期什么的?"

我不知道为什么这么说。我是说,我知道会这么说是在找借口。但是大可用其他借口,却偏偏用了不是那么好的一个。

"为什么会不能用?"她说。

"我不知道。"我是真的不知道。

"你的意思是说,因为那是我爸妈的安全套吗?"

我猜我应该是那个意思吧。

"你认为他们从不做爱? 所以这个安全套可能摆了很多年了?"

我什么都没说,但我一定是这么想的,这真的很怪,真的。相信我,我知道父母还会有性行为。但我不知道还在一起的父母上床会是什么情形? 我一直认为还在一起的父母,跟离婚的父母比起来,性生活应该比较少。我对于这整个安全套的话题显得很困惑。有人买了安全套,我却认为他们没有性行为,不应该是这样的,对吧? 一定有人是真的为了要用安全套才买的。

她看着包装纸。

"2009 年 5 月 21 日。"上面这样写。

(如果你是在很多年以后才读到,我可以告诉你这一切都发生在 2009 年 5 月 21 日之前。我们还有好几年的时间可以用这个安全套。)

她把安全套往我身上扔。

"来吧。我们可没这么多时间。"

"为什么没有时间?"我说。

"现在已经很晚了,而且我爸妈知道你在楼上,他们很快就会来敲门了。如果我房里有个男生,时间又很晚了,他们通常都会这么做。"

接着她跪在床边亲我的脸颊,此刻我脸上的表情一定很怪。

"对不起。我不是那个意思。"

"那你是什么意思?"

我只是随意想到什么就说出来。我想拖延时间,这样她爸妈就会来敲门,我就可以回家了。

"你不想做?"她说。

"不,我当然想。"我说,接着又说,"对,其实没那么想。"

她笑了:"所以你是为了什么而感到困惑?"

"我不知道你为什么想做。"我说,"你跟我说还没准备好跟前男友上床。"

"我当时是没准备好。"

"那现在怎么会准备好呢? 你甚至不认识我。"

"我喜欢你。"

"意思是说你并没有那么喜欢他啰?"

"对,没那么喜欢。我是说,我一开始是喜欢他没错。但是后来感觉变淡了。"

我不想再问她任何问题了。因为她说的每句话都不合理。好像我们应该在她不喜欢我之前赶快上床,好像隔天她就不会再喜欢我似的,所以我们当晚就得把事情完成。如果换个方式想,其实人不都是这样吗? 我是说,你会跟一个人上床,是因为你不讨厌他,一旦开始讨厌对方的时候,一切就停止了。

"如果你什么都不想做,为什么不直接走人算了?"她说。

"好,我走。"

接着我站起身,然后她哭了,我不知所措。

"我希望没说过我想当模特儿那些话。我现在觉得好蠢。"

"哦,这跟那没关系,"我说,"如果真要说的话,我想是我配不上你。"

"配不上我?"她说,"为什么?"

我知道为什么,因为我妈十六岁就生了我。每当有人知道我家的历史,他们永远只会注意到这件事。但我没跟她说,我只是坐在床上抱着她,她停止哭泣的时候亲了我,这就是为什么虽然我决定不要,但最后还是上了床。如果我有打破 TH 二十二点五秒的纪录的话,应该也顶多多个半秒吧。

我回家之后,跟 TH 说了这件事。我总得跟某个人说,但是这种事真的很难开口,所以最好的方式就是把所有想说的话对着海报一吐为快。我想 TH 也挺高兴的。就我对他的了解,我想他也会喜欢艾丽西亚。

3

接下来几个礼拜，我几乎处在晃神状态。生活除了等待还是等待。我记得我们在一起的第一个礼拜，我在等从我家到艾丽西亚家的公车时，突然领悟到，跟其他事情比起来，等公车真是太轻松了，那真的就只是单纯的等待。等公车的时候，什么都不用做，只要等就是了，但其他事情可就没这么简单了。吃早餐的时候我在等待，所以吃得不多。睡觉也是一种等待，所以我睡得很少，即便我很想睡，但睡觉是打发八小时的好方法。上学也是一种等待，所以无论上课或下课，别人说些什么我完全不知道。看电视也是等待，所以我根本不知道电视在播啥。就连玩板，也成了等待，因为我只有在艾丽西亚没空陪我的时候才去玩板。

但艾丽西亚通常都有空。这就是最棒的地方。她跟我一样想一直腻在一起。

我们在一起也没做什么。我们会在她房间里看电视，有时在楼下看，特别是她父母不在家的时候。我们也会去克利索尔德公园散步。你看过电影常会在歌曲播放的时候,出现情侣在不同的地方欢笑牵手亲嘴的画面吗?我们之间大概就像那样。只不过没去什么特别的地方。包括艾丽西亚的房间在内,大概只去过三个地方吧。

艾丽西亚对我说她爱我的时候,我们人在克利索尔德公园里。我不知道该回什么,只好对她说我也爱她。因为不这么说的话,好像很失礼。

"真的吗?"她说,"你真的爱我?"

"对。"我说。

"我不敢相信。过去从来没有人对我说过。"

"你曾经跟别人说过吗?"

"没有,当然没有。"

我心想,难怪没人跟你这么说。如果有人跟你说他爱你,你得回你也爱他才行,对吧?如果不想这么说,那得非常冷酷无情才办得到。

总之,我真的很爱她。像我妈这样的人会说,哦,你只是个小鬼,哪里懂得什么是爱。但除了跟艾丽西亚在一起,我完全不想做其他事,也只有跟艾丽西亚在一起的时候,我才觉得我是待在真正想待的地方。我是说,这也有可能是爱,对吧?我妈说的那种爱,充满了烦恼、工作跟原谅,还要学会容忍。可以确定的是,那种爱绝对不会有趣。如果爱像我妈说的那回事,这世上不就没有人能够确定自己是否爱上对方了?照她的意思似乎是说,如果你很确定自己爱上某人,就像我过去这几个礼拜一样确定,那你不能爱他们,因为那不是爱。要搞清楚我妈对爱的定义到底是什么,只会让你一个头两个大。

我妈不希望我一天到晚跟艾丽西亚腻在一起。几个礼拜后她开始担心了。我没跟她提过上床的事,但她知道我是认真的,艾丽西亚也是认真的。妈也知道我这几个礼拜都在恍惚中度过,她看得出来。

有一天晚上,我回去晚了,她替我留门。

"我们明晚待在家如何? 一起看 DVD?"她说。

我什么都没说。

"要不我们可以出去逛逛,如果你想的话。我可以带你去吃披萨。"

我还是不发一语。

"吃披萨,再加上看电影,如何?"

"不用这么麻烦了。"我说,仿佛她是在对我施以恩惠,提供我些什么。我是说,就某方面来说,她的确是。她提供我披萨跟电影。但另一方面,她只是试图阻止我做我想做的事情,她知道,我也知道。

"让我这样说好了,"她说,"明晚我们要一起度过。你想做些什么? 你来决定。"

我有一个特点,就是我不会使坏。也许你觉得跟艾丽西亚上床已经够坏了,但那件事感觉起来并不糟,所以不能算什么坏事。所谓的坏事,我指的是那些错得很明显的事情。例如在学校会看到有些小鬼咒骂老师,或是跟可能是同性恋的人挑衅,甚至跟老师挑衅,或是咒骂可能是同性恋的同学……这种事我做不出来,我永远办不到。我很不会说谎,偷东西也不行。有一次我试着从我妈的皮包里偷点钱,结果感觉很糟,于是又把钱放了回去。这有点像是一种病,不想使坏的病。我比这世上任何一个人都痛恨瑞安·布里格斯。瑞安·布里格斯是一个可怕、暴力、丑陋、令人害怕的恶棍。但每当我看到他揍别的小朋友的脸,还抢走电话,或是叫老师滚开,有一部分的我其实很羡慕他,你懂吗? 他没有那种病。当一个像他那样的人,并不

41

复杂。如果我也可以这么不屑一顾,人生会简单得多,可是我办不到。我知道我妈要求的并不是什么过分的事。她要我一个晚上不要跟艾丽西亚在一起,也提供一些条件交换。我试着从别的角度(从她的角度)看待这件事情,但我办不到,所以我碰上了点麻烦。

"艾丽西亚可以来吗?"

"不行。那就是这个晚上的重点。"

"为什么?"

"因为你跟她见面太频繁了。"

"这哪里困扰你了?"

"不健康。"

我的确变得不太常出门,但她指的不是这个。虽然我也不知道她指的到底是什么。

"什么叫'不健康'?"

"会妨碍很多事情。"

"什么事情?"

"朋友、功课、家人、玩板……所有事情。你的生活。"

她说反了,因为只有我跟艾丽西亚在一起的时候,才算生活。她说的其他那些事情,不过是等待罢了。

"只不过一个晚上,"她说,"不会要了你的命。"

嗯,的确不会要了我的命。在我们去吃披萨跟看电影的隔天,我醒来发现自己还活着。但是就像你听过那些比死还痛苦的折磨,你会宁愿选择痛快一死。如果这些话对那些真的受过这种折磨的人不够尊重,我很抱歉,但对我来说真的差不多就是这种感觉。(顺带一提,这也是为什么我永远不会加入军队的原因。我真的非常非常讨厌严刑拷打这类的事。我不是说参加军队的人都喜欢被拷打。但是他们一定考虑过这点吧？一定认为这件事跟其他事比起来没那么可怕,例如靠救济金过活,或坐办公室。对我来说,坐办公室比被拷打好多了。不要误会。如果要我做无聊的工作,我也不会高兴,例如每天不停地重复影印一张纸,直到我死去为止。但整体来说,跟把香烟捻熄在眼睛里比起来,还是好一点。但我希望我的选择不会只有这些。)

在那几个礼拜里,每天早上醒来想到我要等到放学后才能见到艾丽西亚,就已经够糟了。那是一种酷刑,就像把手指头一根根拔下来。但是去吃披萨那天,我醒来想到一直到隔天结束前都不能看到艾丽西亚,那种感觉则像是某件瑞安·布里格斯干过的恶行。我不打算细述那是怎么一回事。只能说整起事件跟狗还有球有关,但我说的球可不是足球。每当我想起这件事,还是忍不住会夹紧双腿。

好,四十二小时不和艾丽西亚见面,跟球被人取走是不能相提并论的。但我真的快窒息了。我觉得呼吸不顺畅,好像处在没有足够氧气的密闭空间。那几十个小时里,我无法好好地吸一口气,甚至开始感到恐慌,好像身在海底,离海面很远很远,又有鲨鱼朝你游过来,然后……不对,我又说得太夸张了。这里既没有狗跟它的球,也没有鲨鱼。若真要有鲨鱼,那一定是妈扮演这个角色,但她一点都不像鲨鱼。她不过想请我吃披萨罢了,不是真的要用她的牙齿扯烂我的肺脏。所以,我要就此打住。总之,我身在离海面很远很远的地方。而艾丽西亚,就是我的水面。

"我可以打个电话吗?"我走进去的时候对妈说。

"非打不可吗?"

"对。"

43

是真的。我非打不可。没有第二个答案。

"我们马上就要出门了。"

"现在才四点半。有谁四点半就在吃披萨?"

"五点半吃披萨。六点半看电影。"

"我们要看哪部电影?"

"《断背山》如何?"

"是哦,太好了。"

"什么叫做'是哦,太好了'?"

"当有人开了愚蠢的玩笑或是做了愚蠢的行为,我们都会这么说。"我说。

"谁开了愚蠢的玩笑?"妈说。

然后我意识到妈是认真的。她真的想要一起去看《断背山》。我们叫学校里的一个科学老师"断背",一方面是他老是驼背,另一方面是每个人都认为他是同性恋。

"你知道那部电影在演啥吗?"我说。

"知道啊。是关于一座山。"

"闭嘴,妈。我不能去看那部片。不然我明天会被屠杀。"

"就因为你去看一部关于牛仔同性恋的电影,就会被屠杀?"

"对。不然我还会有什么动机去看这部片? 只有一个答案,对吧?"

"我的天啊!"妈说,"学校真的那么可悲吗?"

"对。"我说。因为真的是这样。

我们决定去看别的电影,然后我打了艾丽西亚的手机,结果直接转到语音信箱。过了几分钟我再打,还是语音信箱,之后我每三十秒左右就打一次。语音。语音。语音。我完全没想到甚至连话都不能跟她说。我开始有了黑暗的念头。她为什么不把手机打开？她知道我会试着联络她的，她知道今天是我们厄运降临的日子。前一晚，我跟她说我妈希望我们一个晚上不见面，她甚至还哭了。但现在却摆出一副请勿打扰的样子，难道她是跑去跟别人约会了？我心想，你知道的，妈的，她真是个婊子。不过一个晚上不能见面，她就开始跟别人约会。有专门的字眼可以形容这种女生。而且说真的，如果连一个晚上不跟别人上床都办不到，那她就是公交车，对吧？她有病。她根本就是个毒虫，只不过让她上瘾的不是毒品，而是性。

真的。我当时是这么想的。但你知道，等过阵子我冷静下来是怎么想的吗？我想，这太不健康了，你不能因为女朋友的充电器故障，就说她是婊子、荡妇、公交车。（后来她插上她爸的充电器，传了条短信给我。接到那条短信的感觉真好。）

总之，我出门的时候状况不是很好，所以那不是一个好的开始。然后我们对于改看哪部电影无法达成共识，不过也没有太多选择，但这么说也不尽然。有很多电影我都想看，例如50美分①演的那部片，还有《金刚》；有很多我妈想看的电影，例如那部跟园艺有关的，还有那部关于日本女孩裹小脚的电影。但没有一部电影是我们都想看的。我们争论了很久，以至于没时间坐下来吃披萨，最后只好外带，然后去电影院的路上再从盒子里拿出来吃。最后我们看了一部很烂的电影，内容是关于一个男子不小心吞下手机零件，结果可以透过大脑拦截每个人的信息。一开始，他借此跟一大堆被男友甩了的女孩约会，但之后他接到一封恐怖分子试图炸毁纽约大桥的信息，于是他跟其中一个女孩携手阻止了。我没太留意剧情，反正这部电影很无

---

① 指柯蒂斯·詹姆斯·杰克逊三世（1975— ），美国著名黑人说唱歌手、演员、投资商。

聊。妈很讨厌这部片,之后我们还为此争论了一会儿。她说整起吞下手机事件根本荒谬可笑,但我说,如果我们真的吞下手机零件,也不知道到底会发生什么,所以也不能就说剧情很蠢。她甚至不让我说出我认为哪部分的情节才蠢。她只是继续唠叨说我的脑袋因为电玩跟电视,已经快变成糨糊了。

这些现在都不重要了。那晚的重点是,妈认识了一个男人。我知道。那晚应该是我们母子俩共享亲子时光,还有我跟艾丽西亚一个晚上不见面。只不过最后完全变成另一回事。我应该对妈公平些,其实她认识那个男人的过程没有占据我们多少时间。我也是一直到几天后,那个男人来家里拜访,我才知道妈那天认识了个男人。(应该说,我知道那天她是认识了一个男人,但我不知道她是真的"认识",希望你懂我在说什么。)当时我们在等外带披萨,店员叫我们坐在门口外带桌那里等。我趁等待的时间跑去洗手间,等我回来的时候,妈跟隔壁桌带着小孩的男人说话。他们只是在聊披萨、喜欢哪家披萨店,诸如此类的。但是等我们外带做好的时候,我跟妈说:"哦,你手脚还真快。"她说:"我可没鬼混。"当时我们都是开玩笑。只不过后来才知道其实不是玩笑。妈当时什么都没提,但其实早在工作时就认识他了。他离职几年了,虽然他们在办公室从来没说过话,但他还记得妈。他们以前在不同部门工作。妈在休闲文化部门,而马克——对,他也叫做马克,还记得裤子上的污渍笑话吧,以前在健康跟社区福利部门工作。马克第一次来我们家的时候,说他在伊斯林顿从来没时间管健康这部分。

我们一边走路回家,一边争论电影内容,妈试着跟我谈艾丽西亚。

"没什么好说的,"我说,"这就是为什么我不想跟你出来。因为我不想跟你谈这件事。"我说,你可以听得出来我在哪几个字加强了语气,"为什么我们不能就单纯出来？什么都不要谈？"

"那我什么时候才能跟你谈？"她说,"你从不在家。"

"我有一个女朋友。"我说,"就这样。能说的就只有这些。来啊,问我！问我有没有女朋友。"

"山姆。"

"问啊。"

"我可以问一个相关的问题吗？"她说。

"只能问一个。"

"你们有上床吗？"

"那你有吗？"我说。

我这样问的用意是要表明,你不能问别人这种问题。这太私人了。但既然她已经跟那个没用的史蒂夫分手,目前又没跟其他人约会,所以她不介意回答这个问题。

"没有。"她说。

"嗯,那以前有吗？"

"什么意思？"她说,"你是问我有没有性经验吗？我想你就是答案了。"

"闭嘴。"我说。我觉得尴尬,真希望我们没有开始这个话题。

"先别谈我了。谈谈你如何？你有上床吗？"

"不予置评。这是我的事情。"

"意思就是有。"

"不是。我是说不予置评。"

"如果你没有会直接说没有。"

"不,我不会。总之,这一切还不都是你的主意。"

47

"什么？"

"艾丽西亚呀。你认为我会喜欢她，所以要我去参加那个派对，然后我真的喜欢上她了。"

"山姆，你知道我生你的时候，我……"

"对，对。这件事他妈的搞砸了你的人生。"

在妈面前我通常不会说粗话，因为她会不开心。并不是因为粗话本身，而是她会开始责怪自己，说自己不该在少女就当了母亲，所以才会没有能力教好她的孩子。我不喜欢她那么说。我认为她做得还不错。我是说，我不是这世上最糟糕的小孩，对吧？我说脏话只是想让妈知道她惹恼我了，其实我没有真的生气。

知道自己的出生毁了她的人生，这种感觉很奇怪。但并不会困扰我，真的。有两个原因。首先，这不是我的错，是她的——还有我爸的错。第二，她的人生已经不再混乱了。那些因为我而错过的事，她多多少少都追赶上来了。甚至可以说她超越了自己。她自己都说，她在学校可不是什么好学生，但是很不高兴自己没有完成学业，所以双倍地用功。后来她上夜校，拿到证书，在议会找到工作。我没有说她怀了我是个好主意，但是这件事只毁了她人生的一小部分，而不是全部。虽然这件事会一直存在，但每当我想从某件事脱身——例如一场讨论我究竟有没有跟艾丽西亚上床的对话，我只要故作悲伤说我搞砸了她的人生。那么无论本来讨论的话题是什么都会马上被遗忘。然而我从没告诉她的是，这件事让我觉得自己不管到哪都格格不入。

"哦，山姆。对不起。"

"不，没关系！"我故意夸张了语气，所以她知道并不是真的没关系。

"总之,你担心的不是这个,对吧?"我说。

"我自己都不知道在担心什么。我可以见见她吗?"

"谁?"

"艾丽西亚。她可以找个晚上来我们家一起吃饭吗?"

"如果你想要的话。"

"我想要。这样我就不会那么怕她了。"

怕艾丽西亚!虽然还没办法完全理解,但我想我现在明白了。妈是担心事情会改变,她担心只剩下她一人,而我会变成别人生活和家庭的一部分,我长大了,不再是她的小男孩,我变成另一个人……她担心的也许是以上我说的每件事,也许只有其中几件,我不知道。我们还无法找出答案,但她担心是对的。我希望她会担心我,真的。我宁愿那晚她把我锁在房里,把钥匙扔了。

隔天晚上我们见面。我们感觉像是过去两天都无法呼吸,所以好好深深吸了对方一口,彼此说着蠢话,自以为是罗密欧与朱丽叶,全世界都在跟我们作对。对了,我是说我跟艾丽西亚,不是我跟我妈。说得好像我妈把我带离伦敦一年似的,实际上不过带我去吃披萨跟看个电影罢了。

记得我之前说的吗? 就是说故事比想象更难,因为你不知道该如何组织。嗯,有一件事情,应该现在告诉你们,这件事没人知道,连艾丽西亚都不知道。是整个故事最关键的部分——整个故事的重点,虽然说它只发生了一下子。当这件事发生时,我感到惊吓、惊奇、沮丧,总之五味杂陈。我很确定我是既惊吓又沮丧,但有没有惊奇,我就不敢说了。总之这件事发生在那晚,我没对艾丽西亚说什么,总之是我的错。嗯,很明显我要负起大部分的责任,但她也该负一小部

49

分的责任。那天我们没戴套子就亲热,因为她说想完整地感觉我,然后……嗯,我不能谈这种事情。我脸红了。总之那件事情发生了。应该说只发生了一半。我确定绝对没有完全发生,因为还可以拔出来然后戴上安全套,接着假装一切很正常。但我知道其实不大正常,因为该发生的那件事终于发生时,感觉会不大对劲,因为刚刚已先发生过一半了。而这是我最后一次跟她,你知道的,就是那样。

"你还好吧?"艾丽西亚说。她以前从不会这样问,所以一定是情况跟往常有些不同吧。也许她也感觉到哪里不同,或许是我表现得跟平常不大一样,也可能是事后我显得特别安静跟分心,我不知道。我们之后都没再提起这件事。

对我来说,最难以置信的部分是,尽管几乎每分钟都在努力不让自己惹上麻烦,却在那短短五秒钟,可能就惹上一生中最糟糕的麻烦。仔细想想,这真的很令人惊讶。我不抽大麻,不咒骂老师,不打架,试着乖乖写作业。我不过冒了个险,就这么几秒,结果可能比以上那些行为的总和还糟。我读过一篇滑板选手的访问,我忘了是谁,他说他不敢相信玩板竟然需要如此高的专注力。就算你很专注地玩了九分钟又四十五秒的板,但只要短短五秒,瞬间你就可以让自己变成一个猪头。嗯,生活也是这样。在我看来这样不大对,但就是这样。这太糟了,我到底做了什么?应该不至于这么糟,对吧?这是个错误,仅止于此。你听过有些男孩拒绝戴安全套,也听过有些女孩认为在十五岁怀孕是很酷的事……嗯,那就不能说是错误。那些人是笨。我不想一直抱怨生活有多不公平,但为什么他们受到的惩罚跟我受到的惩罚是一样的?不该是这样的,不是吗?就我看来,如果你从不戴安全套,那应该生下三胞胎,甚至四胞胎。可惜世界不是这么运作的,对吧?

就在那件事过后几天，艾丽西亚来我家吃饭，结果还可以。应该说比还可以还要再好一点，真的。她对我妈很好，我妈对她也很好，她们开玩笑说我多没用，我不介意，只要大家开心，我就开心。

但艾丽西亚问我妈十六岁怀孕是什么感觉时，我试着转移话题。

"你不会想听的。"我对艾丽西亚说。

"为什么？"

"因为很无聊。"我说。

"哦，我可以告诉你一点都不无聊。"妈说，艾丽西亚笑了。

"是没错，但是现在讲很无聊，"我说，"都已经过去了。"

这么说很蠢，我话才出口就后悔了。

"哦，好吧。"妈说，"所有的历史就是用无聊两个字一笔勾销。"

"对，没错。"我说。其实我不是这个意思，有很多历史其实不无聊，例如第二次世界大战。总之，我不想回到那个话题。

"还有，"我妈说，"这一切还没结束。你还在这，我也是，我们之间相差十六岁，这个事实永远存在。还没结束。"

我坐在那里想，这一切是不是会以她根本猜想不到的方式继续下去。

4

　　我跟艾丽西亚之间的相处没什么问题。只是没有一开始那么好了。我没有办法解释原因，我无法完整解释。有一天早上醒来就发现感觉变了。我不喜欢这种改变，因为过去的感觉很不错，而现在这种感觉不见了，我觉得人生很乏味，但感觉消失就是消失了，我没有能力把它找回来。我甚至试图佯装感觉还在，但这么做只让情况更糟。

　　这感觉到底去了哪里？我觉得就像有一个盘子放在我们面前，本来上面摆满了食物，但我们一下就全部吃光了，什么都不剩。也许其他情侣能持续下去的关键就在于：他们不贪心。他们知道眼前的食物得吃上很长一阵子，所以像小鸟一样慢慢地啄食。但我希望事情不是这样的。我希望两个人快乐在一起的时候，会有人继续送上第二、第三盘食物。那晚，就是我无法跟她见面的隔天晚上，感觉像是我们这辈子会永远厮守在一起，甚至永远都嫌不够久。然而两三个星期后，我们却开始厌倦对方。至少我开始感到厌倦。除了在她房间里看电视跟做爱，其他什么都没做，每次上完床，也没什么话好说。我们穿上衣服，再把电视打开，然后我亲艾丽西亚跟她说晚安，隔天晚上同样的流程再重新上演。

我想妈比我更早注意到这件事。我又开始玩板了，而且试着让玩板看来是再正常、再自然不过的事，仔细想想，本来就应该这样。如果我们没分手，那么无论如何都会发展出一套相处模式。最后我还是会继续玩板，还有玩 X - box 的滑板游戏之类的。跟艾丽西亚在一起的时光，总是让我感觉像在度假。当假期结束，我们还是男女朋友，也该有各自的生活。只不过没想到假期结束，我们也跟着结束了。这是一段假日恋曲，哈哈。

总之，有天下午我玩板后回到家，妈说："在你去找艾丽西亚之前，有时间吃点东西吗？"我说："有啊。"然后我又说："其实我今晚没有要去找她。"妈说："哦。你昨晚也没去找她，不是吗？"我说："没有吗？我不记得了。"这么说其实挺可悲的。但为了种种的原因，我不想让妈知道我跟艾丽西亚之间已经起了变化。因为这会让她开心，我不想让她称心如意。

"你们的感情还甜蜜吧？"她说。

"哦，对啊。很甜蜜。我是说，没那么甜蜜了，我们有功课要做还有其他事情要忙。但还是挺甜蜜的。"

"所以，挺甜蜜的，那么就是说，"她说，"没有……你知道的，感情变淡。"

"没有，没有变淡。没有……"

"没有什么？"

"没有变淡。"

"所以你本来打算同样的话说两次？"

"什么意思?"

"你本来要说:'没有,没有变淡。没有,没有变淡。'"

"我想是吧。真的很蠢。"

有时候真不知道我妈怎么受得了我。我是说,在她眼里看来想必再明白不过,她却得坐在那里听我睁眼说瞎话。就算我跟她说实话,事情也不会有什么不同。但是等到后来,我需要她的帮忙,我记得我简直跟木偶一样听话得不得了。

就在这段对话之后的隔天晚上,我去找了艾丽西亚,如果我连续三天没去找她,妈就会知道事情真的不对劲了。在那之后,我又连续两晚没去找她,紧接着是周末,星期六早上,她传短信约我吃午餐。她哥哥回来了,他们要家庭聚餐,艾丽西亚说我是他们家的一分子。

在我开始跟艾丽西亚约会以前,从没有碰见过像她爸妈这样的人,一开始我觉得他们酷毙了——我甚至希望我爸妈也能像他们一样。艾丽西亚她爸大概五十几岁,他听嘻哈音乐。我不认为他真的非常喜欢嘻哈,但是他认为至少该尝试听听看,也不介意歌词里的粗话跟暴力。他有一头白发,艾丽西亚的妈妈帮他剪成类似平头的短发——我想应该是标准二号发型,此外他还戴了钮扣状的耳饰。他在大学教文学,而艾丽西亚的妈妈在担任议员的闲暇之余教戏剧,好像是教别人该如何教戏剧之类的。她必须去很多学校跟老师们对谈。我想罗伯特跟安德烈亚,人还不错,一开始他们真的很友善,只是认为我很笨。他们没多说什么,也试着不把我当成笨蛋来看。但我看得出来他们是这么想的。我不介意他们怎么看我,但我得说我比艾丽西亚聪明。我不是炫耀或自大;我知道我真的比她聪明。我们去看电影时,她常看不懂电影在演什么,而且抓不到《辛普森的一家》的笑点。还有我得教她数学,她爸妈则负责教她英文。他们认为她会上大学,然后有一番成就,那些模特儿的梦想,只不过是处于叛逆期的关系罢了。在他们眼里艾丽西亚是个天才,而我则是跟她约会的笨蛋善良小子。他们表现得一副好像我是瑞安·布里格斯或是某个货真价实的人渣,但是并不打算正式表态反对我跟她交往,因为这么一来就太不上道了。

因为我是他们家的一分子,所以被邀请参加家庭聚餐。我一个人乖乖坐着,她爸爸一开口就问我念完中学打算干吗。

"又不是只有念书一条路可走,罗伯特。"艾丽西亚的妈赶紧说。

你看出来了吗?她试着要保护我,但是保护我的原因,竟然是关于我到底有没有任何将来可言这样的问题。我是说,每个人在中学毕业之后一定都有事情要做,对吧?就算选择待在家看一辈子的电视,也算是一种将来。但他们对我的态度是——别提将来,因为我根本没有将来可言。然后我们都要假装没有将来也不是什么大不了的事。艾丽西亚她妈干脆应该说:"不是每个人都有将来的,罗伯特。"

"我知道不是非得念书不可,我只是问他将来想做什么。"罗伯特说。

"山姆想进大学主修艺术设计。"艾丽西亚说。

"哦,"她爸说,"很好,很棒。"

"你对艺术很在行?"她妈说。

"还可以。我只是担心要写论文之类的。"

"你英文不大行吗?"

"写不大行。说好像也是。其他方面倒还可以。"

这本来是一个玩笑的。

"这只是自信问题,"她妈说,"因为你比其他人少了很多优势。"

我不知道该怎么回应。我有我自己的房间,有在工作而且喜欢读书的妈妈,甚至我没做功课还会帮我……老实说,我不知道我需要什么优势。甚至我爸不在身边,我也觉得算是个优势,因为他对教育一点兴趣都没有。我是说,他不会真的不让我上学,但是……好吧,也许他可能真的会这么做。他跟妈之间始终有矛盾。妈很渴望念大学,而爸是个水管工,但收入一直都不赖,于是他们之间就一直存有这种情结,妈觉得爸是出于自卑,所以才一直对她说念书是在浪费时间,好掩饰自己的自卑。我不知道是不是真的。在艾丽西亚的爸妈这种人眼里,如果你不读书,就是坏人;但在我爸这样的人眼里,如果你读书,你才是坏人。这听起来很疯狂,对吧?是好是坏跟读不读书根本没关系。这一切应该取决于有没有强暴人,或是毒品上瘾,或是去抢劫。我不知道他们为什么总是想太多。

"妈,我想山姆只是开玩笑,"艾丽西亚说,"他很会说话。"我不觉得她这么说对事情有什么帮助。他们听过我说话,自己可以判断我的口才如何。毕竟这不是在讨论某件他们没看过的事,好比说我的玩板技巧。如果我会说话这件事需要别人说他们才知道,那我显然有麻烦了。

"他很棒,这我知道。"她妈说,"但有时候你不能……如果你没有……"

艾丽西亚开始笑了:"继续说啊,妈,我看你要怎么把这句话圆回来,才不会惹恼山姆。"

"哦,他知道我的意思。"她说。我的确懂,但并不表示我喜欢。

但我挺喜欢她哥的,她哥叫做里奇。我没想过我会喜欢他,因为他拉小提琴。任何会拉小提琴的,通常都是书呆子中的书呆子。但他看起来不像书呆子。他戴眼镜,可是看起来挺酷的,而且他喜欢笑。我的意思应该是说,他也挺喜欢我的。或者应该说他喜欢过我,因为我现在就不那么肯定了。知道对方喜欢自己,肯定会让你的感受有些不同,对吧? 他不是那种很可悲的人,他喜欢我不是因为他没有朋友,而是我还挺不赖的。我想由于他会拉小提琴、上音乐学校,以及其他各种原因,他认识的人没有几个不是来自书呆子王国的。

用餐结束后,艾丽西亚跟里奇还有我去了艾丽西亚的房间,她放了一张 CD,我坐在床上,里奇则坐在地板上。

"欢迎加入我们家。"里奇说。

"别这样说,"艾丽西亚说,"你会把他吓跑的。"

"他们人还不坏。"我说,但其实他们很坏。老实说,惹毛我的可不只有艾丽西亚的父母。那天下午我离开他们家的时候,我怀疑我还会不会再来。

离开艾丽西亚家之后,我去碗公玩了一下板。我认为发明玩板的人是个天才。在伦敦做什么运动都不适合。虽然都市有一些小绿地可以玩足球、高尔夫,或其他运动,但是水泥正逐渐吞蚀这些绿地。在城市也可以玩这些运动,但说真的,如果你住在其他地方,例如乡下或是郊区,或是某个类似澳洲的国家,会更适合。我们会玩板是因为住在城市。我们需要很多水泥地、楼梯跟斜坡、长椅,还有人行道,愈多愈好。当这个世界完全被铺满了水泥,我们就是仅存的运动员了,世界到处都会竖立起托尼·霍克的雕像,奥运会会变成上百万项不同的滑板比赛,然后人们可能真的开始认真观赏。至少我会。我去附近公寓后门的轮椅坡道上玩了一下板,没做什么太炫的技巧,只做了几个基本的滑板翻转跳跃动作。然后我想到艾丽西亚还有她的家人,开始练习要怎么跟她说我们不该那么常见面,甚至永远不要再见面。

这真的很怪。如果你在那个派对告诉我,我将会跟艾丽西亚约会、上床,之后会开始厌倦她……嗯,我会无法理解。对我来说完全不合理。在你发生第一次性经验前,没办法想象有谁会愿意跟你上床,更无法想象你会抛弃愿意跟你上床的人。怎会有人这么做? 一个漂亮的女生想跟你上床,你却感到无聊? 怎么可能?

我只能说,信不信由你,性爱就像其他好东西,一旦拥有了,就不再为它感到困扰了。它就在那,很棒,什么都好,但不代表你愿意为它放弃生命中其他事物。如果有固定性行为,就意味着要听艾丽西亚她爸自以为是的言论、放弃玩板,还有永远不跟朋友见面,那么我就不确定有多想要这件事了。我想要一个愿意跟我上床的女朋友,但也想要一个人生。我以前不知道——现在也还不知道,究竟有没有人能达成这个目标。我爸妈没有。艾丽西亚是我第一个认真交往的女朋友,而我们也没达成。看来我似乎太急着上床,以至于付出太多了。好吧,当下我会愿意跟艾丽西亚说,如果你跟我上床,我会放弃玩板、朋友、学校作业,还有我妈(说来好笑,但我其实有点想她)。哦,如果你爸妈想把我当成某种没希望的毒虫看待,我也不介意。只要……把你衣服脱掉。但我后来开始了解,这代价太高了。

当我回到家,妈跟她在披萨店认识的家伙正坐在餐桌旁。我立刻就认出他,但想不透他为什么会在这,也不懂我走进来时他为何要放开妈的手。

“山姆,还记得马克吗?”

“哦,记得。”我说。

“他来这里……”妈想不到任何他来这的理由,所以她放弃了,“喝杯茶。”

“好。”我说。我想我的口气听起来一定像是在问:然后呢? 因为妈又继续讲下去。

"我们以前是同事，"妈说，"上次在披萨店巧遇后，马克打电话到办公室找我。"

这就对了，我心想。我知道他为什么会出现了，真的。

"你去哪了，山姆?"马克说，语气很友善。而我的反应是，哦，又来了。他想扮演马克叔叔的角色。

"只是出去玩板。"

"玩板? 这附近有海吗?"妈跟我相视而笑，因为她知道我最痛恨别人把玩板跟其他运动搞混。("你为什么不直接说你是滑板选手? 或你玩滑板?"她总是这么说，"这样说对你有什么差别? 会因为不够酷而被警察抓走吗?"我总是告诉她，"玩滑板"听起来不对劲，所以妈认为我活该。)

"有什么好笑的?"马克说，好像只要有人愿意跟他解释就会是个很棒的笑话。

"玩板玩的不是冲浪板，是滑板。"

"滑板?"

"对。"

"哦。"他看来有点失望。毕竟这不是一个多棒的笑话。

"你的孩子有滑板吗?"

"没有，还没有。他才八岁。"

"八岁够大了。"

"也许你可以教他。"马克说。我发出了类似"呃"的声音，意思是说"才怪呢"，只不过没那么粗鲁。

"那他今天去哪了?"我说。

"你说汤姆? 他跟他妈妈在一起。汤姆没跟我住，但大部分的日子我都会看到他。"

"我们想去买点东西吃,"妈说,"外带咖喱之类的。有兴趣吗?"

"好啊。"

"今晚不跟艾丽西亚出去吗?"

"咦,"马克说,"谁是艾丽西亚?"

我想这一声"咦"可能有两种意思,但我认为听来不大妙。好像是他试着要跟我做朋友,但他甚至还不认识我。

"艾丽西亚是他女朋友。"妈说。

"认真的吗?"马克问。

"不算认真。"我说。同时间妈则说:"非常认真。"我们彼此又互看了一眼,这一次,马克笑了,但我们没笑。

"你不是说你们还很甜蜜?"妈说。

"哦,对啊。"我说,"还是很甜蜜。只是不像以前那么认真了。"我不喜欢说谎,所以接着说,"我想我们要分手了。"

"哦,"妈说,"对不起。"

"是啊,"我说,"嗯。"还能说什么?我觉得有点蠢,妈遇见马克那次,就是她叫我要慢下来的那晚。

"是谁的主意?"妈说。

"没有人,真的。"

"你们谈过了吗?"

"没有。"

"那你怎么知道你们要分手了?"

"感觉得到。"

"如果你不爱她要分手,应该告诉她。"妈说。

她说得没错,但是我没跟艾丽西亚说。我只是从此不再找她,手机关机,短信不回。我想最终她会懂我的意思。

　　有一天晚上,艾丽西亚传来一封悲伤的短信。内容只说……事实上,我不想跟你说短信写了什么。这样一来你会替她感到难过,我不希望这样。我之前说我们彼此感到无聊……嗯,其实是错的。是我对艾丽西亚感到无聊,但她没对我感到无聊,至少目前还没有,我看得出来。又或者该说,艾丽西亚不这么认为。最后几次见面她看起来不是很开心。总之,我试着跟 TH 聊这件事。

　　"你认为我很坏吗?"我对他说。

　　"我是个白痴,我竟然想要更多的自由。"TH 说,"详见《我想花更多时间跟路上认识的女孩相处》。"我知道他在说什么。他在说他女友桑迪搬来跟他同居,然后又搬走了。他书里有写,这就是为什么他说"详见"还有括号内的那些字。他在说我是白痴吗? 想要更多自由是很蠢的事? 我想不出答案。也许他什么都没说。也许我只是看他的书看太多遍了。

5

跟艾丽西亚约会最有趣的是，竟然为我在学校带来数不清的好处，特别是女生方面。有些人在电影院看到过我跟艾丽西亚，然后他们会去跟别人说我跟一个美女在一起，这件事让所有人对我另眼相看。好像艾丽西亚帮我改头换面似的。我想这就是为什么我会在十六岁生日前夕，跟妮琪·涅兹维奇一起去麦当劳。（我没写错她的名字。这是她给我电话号码时写给我的。）在我认识艾丽西亚之前，妮琪是那种绝不会多看我两眼的女生。她通常都跟年纪比较大的男生出去，可能是因为她看起来比我们大了五岁。妮琪会花很多钱买衣服，而且你永远看不到她素颜的样子。

我们坐在麦当劳，妮琪跟我说她想要一个小孩，我当下就知道我绝对不会跟她上床，就算戴五个安全套也不可能。

"为什么?"我说。

"我不知道。我喜欢婴儿吧？或许是大学没有我真正想念的东西？而且孩子长大之后我还是可以找到工作吧?"她是那种一天到晚拼命问问题的人。这种人总是让我抓狂。

"我妈十六岁就生下我。"

"对,我就是这个意思。"她说。

"什么意思?"

"我是说,你跟你妈相处起来比较像是朋友吧?我就是希望跟我孩子也能这样。我可不想他十六岁时我已经五十岁了,这样就不能一起出门了?不管去舞厅还是哪里都不行,只会令他们难堪吧?"

哦,对啊,我很想这么回答她。你说得一点也没错。上舞厅。上舞厅。上舞厅。如果不能跟你妈一起去跳舞,那她还有啥用?我想回家了。跟艾丽西亚分手后,这是我第一次想念她。或者可以说,我有点怀念过去。我还记得那段日子有多美好,我还记得那晚,我们有太多话要对彼此说,而没去看电影。那些说不完的话都跑哪去了?那些话都被艾丽西亚的电视吸走了。我希望它们回来。

我陪妮琪走回家,但没有亲她。我太害怕了。如果接下来几个礼拜她怀孕了,我不希望她手里握有我的唾液或是任何可以指控我的证据。谨慎一点总没错,对吧?

"我错了吗?"回家后我对 TH 说,"你认为我应该继续跟艾丽西亚在一起吗?"

"如果生活中出现一些跟玩板无关的事,总是很难搞清楚。"TH说。他又在谈桑迪,他第一个真正的女友,但他的意思也可能是"他妈的我怎会知道?我不过是个玩板选手",或是"我只不过是张海报"。我没时间想这么多,所以决定他应该是告诉我要继续玩板,别跟女孩接触。在经历妮琪的约会后,这似乎是相当不错的建议。

可是我根本没机会真正采用这个建议。因为隔天,也就是我的十六岁生日那天,我的生命开始改变了。

这一天从卡片、礼物,还有甜甜圈的陪伴下开始——我醒来的时候,妈已经去过面包店了,我爸下午应该会过来一起用餐吃蛋糕。而晚上,信不信由你,妈要跟我去吃披萨看电影。吃完早餐后,我收到一条艾丽西亚传来的短信:**我需要立刻见你,艾**。

"是谁啊?"妈说。

"哦,没什么。"

"是一号小姐吗?"妈说。她可能以为是妮琪,她知道我们前一晚有出去。

"不算是。"我说。我知道这个答案很烂,除非这个人是男扮女装,否则应该只有是或不是两种答案。但我管不了那么多了。有一部分的我感到很慌张。慌张的不是我的头,是我的五脏六腑,我想它们知道是怎么回事了,即使我的头还不知道,或者说是假装不知道。我从来没忘记那一次,我什么都没戴那次,有件事发生了一半。那部分的我,因为这条短信而感到慌张,其实那件事发生之后,我就没有停止慌张过。

我把自己锁在厕所里,回复短信给她。**今天不行,今天我生日,山**。如果我接到回复,那就表示我有麻烦了。我冲了马桶洗了手,好让妈以为我是真的在上厕所。就在我打开门之前,手机又响了。短信只说,**紧急,我们约在星巴克**,上午十一点。然后我整个人都知道了——五脏六腑、头、心脏、指甲,全都一清二楚。

我回复,好。虽然我非常希望还有其他选项,但似乎没有第二条路好走。

当我回到厨房,我好想坐在我妈的腿上。我知道这听起来很蠢、很孩子气,但我就是忍不住这么想。在我十六岁生日这天,一点都不希望自己是十六岁、十五岁或是任何十开头的岁数。我希望我只有三四岁，这么一来我还太小，除了在墙上涂鸦或是打翻饭碗，没有能力犯下什么大错。

"妈，我爱你。"我坐在餐桌前这么对她说。

她看着我，好像我疯了。我是说，她很开心，同时也很惊讶。

"我也爱你，甜心。"她说。我试着不要激动到说不出话。如果艾丽西亚打算告诉我的跟我想的一样，我认为会有很长一段时间，妈都不会这么对我说了。可能要过很久以后，她才会再度感觉到爱我。

去见艾丽西亚的路上，我在心里跟上帝做各种交易，或者说我试着跟上帝交易。你应该听过这种事情："如果一切没事，我愿意永远不再玩板。"好像这件事跟玩板有什么关系似的。我愿意提供的交换条件包括：永远不看电视、不再出门、不再吃麦当劳。我没提到性，因为我知道我永远不会再跟别人做爱了，所以上帝应该不会对这项交易感兴趣。我可能还承诺他我不会飞去月球或者裸奔。总之，性对我来说已经结束了，永远结束了，毋庸置疑。

艾丽西亚坐在窗前的长桌那头，背对着窗外。我一走进去就看到她的脸，但她没看到我，她的脸色既苍白又惊恐。我试想，会不会有别的事让她变成这副德性。也许她哥哥有麻烦了。也许她前男友威胁她，或者威胁我。我想我不介意被揍，甚至被毒打一顿，反正应该几个月就康复了。如果打断我的双手双脚……到了圣诞节左右，我应该又能走路了。

我没有马上过去打招呼。我去排队帮自己买杯饮料。如果我的人生即将被改变，我希望能多维持一会儿原来的人生。我前面排了两个人，我希望他们的订单会是星巴克有史以来最长最复杂的：要求一杯以手工挑掉所有的泡泡的卡布奇诺。我觉得很不舒服，不过处在一切还没尘埃落定的情况总是比较好,排队的时候我觉得结果可能只会被痛扁一顿,但是,一旦我开口跟她说话,事情就注定会是那样了。

排在我前面的女人只想要一块抹布,好擦拭她小孩打翻在桌上的柳橙汁。这完全不花时间。而我也想不到什么复杂的饮料,于是点了一杯星冰乐,至少冰品会花比较多时间。当我拿到我的饮料后,除了走向坐在长桌前的艾丽西亚以外,没有别的选择。

"哈喽。"我说。

"生日快乐。"她说,"我晚来了。"

我马上懂她的意思。

"你比我还早到。"我忍不住这么说,不是想跟她开玩笑,也不是脑袋有问题,我只是想拖延时间,好能够继续当原来的山姆。我不希望未来来临,而艾丽西亚即将要说的事情,就是我的未来。

"我月经还没来。"她说,就这么简单,我的未来立刻出现在面前。

"嗯,"我说,"我知道你要说这件事。"

"为什么你会知道?"

我不想告诉她其实一直都在担心那一次。

"这是我唯一想得到会这么严重的事。"我说。她似乎可以接受这个说法。

"你去看医生了吗?"我说。

"为什么要看医生?"

"我不知道。不都是这样的吗?"我试着用正常的声音说话,但一切都不对劲了。我的声音听起来很低沉,而且还在发抖,我不记得我上一次哭是什么时候,但现在快哭出来了。

"应该不是。我想大家会先去买验孕棒。"她说。

66

"那你买了吗?"

"还没,我希望你能陪我去。"

"你跟其他人说了吗?"

"哦,当然有啊。我跟所有人都说了。去你的!我又不是白痴。"

"你晚多久了?"

"三个礼拜。"

三个礼拜在我听来非常晚,但我哪知道什么?

"你以前有晚过三个礼拜吗?"我说。

"没有。差得远了。"

我的问题都问完了。应该说所有适合问的问题都问完了。我其实还想问:"我会没事吧?""你爸妈会杀了我吗?""你介不介意不管结果如何,我还是会去上大学?""我现在可以回家吗?"之类的问题。但这些问题都绕着我打转,我很确定应该问一些关于她的问题。关于她,跟它。

"药房就买得到验孕棒吗?"你看。又一个好问题。我不在乎答案,但这是一个可以问的问题。

"对。"

"很贵吗?"

"我不知道。"

"那我们去看看。"

我们把剩下的饮料大口吸光,然后同时将杯子用力放在柜台。我不确定为什么要这么做,但现在偶尔会回想起这个画面。有可能一部分是因为用力吸饮料的声音听起来很孩子气,但我们会这么做,是赶着弄清楚是否即将为人父母。另一部分是因为同时把杯子放下,感觉起来像是个好兆头。只不过最后证明那不是。也许这就是为什么我一直忘不掉。

星巴克隔壁有一家小药房,所以我们去了那里,但是艾丽西亚在那看见她妈妈的朋友,于是我们很快就走出来。那女人也看见我们了,可以看得出来她以为我们是要买安全套。哈!安全套!拜托,这位太太,我们要买的可是比安全套还夸张的东西!总之,我们不能去这种小药房,不仅可能被看到,也没有勇气买。安全套已经够糟了,验孕棒还比安全套更为麻烦尴尬。于是我们走到街角的连锁药房买,因为那里看起来似乎较不显眼。

最便宜的验孕棒要九块九毛五英镑。

"你有多少钱?"艾丽西亚说。

"我?"

"对。你。"

我在口袋里捞了捞。

"三英镑。你呢?"

"一张五英镑钞票还有……六便士的零钱。我们其中一个必须回家拿钱。"

"如果我一进门你就告诉我,"我说,"我就不会买饮料了。"我知道艾丽西亚不可能有机会在我一进门就告诉我,因为她根本不知道,我也不希望她知道我来了。

"现在说这些都不重要了吧?谁要回家?"

"我不行,"我说,"我已经消失一次了。不能消失第二次。我今天应该要跟我爸妈一起过的。"

她叹了口气:"好吧,你在这边等。"

"我才不要在这边罚站半小时。"艾丽西亚走回家要十分钟。十分钟回去,十分钟回来,此外还得再花十分钟说服大人掏钱出来,天

68

知道给她钱的会是谁。

"那你回去星巴克等。不过不能买饮料,我们付不起。"

"你回去拿个五英镑不就好了吗?这样我就不用待在那边又没饮料喝。"

艾丽西亚又叹了口气,然后咒骂自己,但她没说不好。

我走回星巴克,花光我的三英镑,等了二十五分钟,然后回家。接着我把手机关机,不再打开。

我生日是一年里唯一一天,可以看到我爸妈待在同一间房里。他们会假装现在仍是朋友,过去的都过去了。但除了跟我有关的特殊场合,他们从不见面。如果我是足球队的明星球员,或是,我不知道,好比说学校管弦乐团小提琴手之类的,他们可能会一起来看我。但他们很幸运,除了我生日以外没有其他事情能让他们聚在一起。我参加过一些玩板比赛,但从没跟爸妈提起。比赛本身已经够难了,我不想一边比赛,一边担心他们又在争论十五年前谁对谁说过什么。

你应该不难想象,吃蛋糕的时候,我整个人根本一团混乱。他们谈的话题不外乎是,我还是婴儿的时候是什么情形,而且有一个每次必说的故事,就是当年我妈人在学校考试,我外婆在走廊抱着我哄。(后来我妈数学还是不及格,因为她考到一半得出来喂奶,即使如此,当时的我还是继续哭闹。)当他们说起这些往事,其中一个人总会说一些例如"嗯,我很高兴我们现在可以笑着回忆……"之类的话。仔细想想,这表示当初没人笑得出来。直到这个生日,我才终于体会到为什么笑不出来。如果他们没有讨论我小时候日子有多困难,那一定又开始讨论我是怎么长大的,他们不敢相信时间竟然过得这么快,总之废话连篇。长大似乎没什么好处。我也不觉得我长大了,我还是想趴在妈妈的腿上,希望时间不要过得这么快。他们不停地讨论我的人生,而我觉得一生似乎相当漫长。如果艾丽西亚怀孕了,那表示……我不想再想了。我不要再去想明天、后天,更别说接下来的十六年。

想也知道,蛋糕我一口都吃不下。我跟他们说我胃不舒服,刚好妈记得我早餐后为了回艾丽西亚的短信,跑过厕所。所以我坐在那,偶尔吃几口盘里的食物,听他们说故事,把玩着口袋里的手机。然而我根本不打算开机,只想要多过一天原来的生活。

我把蜡烛吹熄。

"说个生日感言吧!"我爸说。

"不要。"

"那我可以说吗?"

"不行。"

"十六年前的今天,"我爸说,"你妈在惠廷顿医院,大呼小叫的。"

"谢谢。"我妈说。

"我迟到了,因为我正在跟弗兰克一起工作,愿上帝让他安息。我那时没有手机,所以他们花了很久的时间才找到我。"

"弗兰克死了吗?"妈说。

"没有,但后来再也没见过他了。总之,我搭了一辆开往霍洛威路的公车,你知道那里的交通是什么情形。我们就坐在车里,车子一动也不动。所以我只好跳下车用跑的,等我到的时候累坏了。当年我才十七岁,却像老人一样喘。那时我还抽手卷烟。总之,我坐在医院外面的旧花圃调整呼吸,然后……"

"我爱这个故事,"妈说,"我们每年都得听一次。每年这个故事都没提到山姆,也没提到山姆他妈。那一天只有一个英雄。一个为了山姆的出生而受苦的人。那个一路跑上霍洛威路的人。"

"我记得女人应该还没完全统治这个世界吧,"我爸说,"男人还有说话的权利。儿子,可能等你下次生日的时候,我们都会被关进监狱里,嘴巴还会被塞住。所以趁现在还有自由,要好好享受。"

看着现在的我妈跟我爸,你不会相信他们曾经住在同一个乡镇,活在同一世纪,更别说曾经结过婚,曾经……嗯,应该不需要往那方面想。他们各自往不同的方向前进……事实上,不应该这样说。我妈留在这里没走,我爸搬到巴纳区去了。但是我妈的人生有了很大的进展,我爸却还留在原地。

他们之间只有一个交集,而这个交集正在跟你说话。如果不是我,他们根本不会交谈,我不能说这让我感到骄傲,真的。有些人本来就不该进行交谈。

你看得出来整个下午我都在想些什么。这似乎已经不是我的生日了。是别人的,某个还没出生的人。那天下午我们三个人聚在一起。天知道等我十七岁生日时,一共会有几个人。

最后,我们晚上没出去。我跟妈说我还是不大舒服。于是我们在家看 DVD,她吃了吐司夹炒蛋,然后我上楼回房间跟 TH 说话。

"艾丽西亚可能怀孕了。"我对他说,"我只是在骗自己。"

"她打电话告诉我她用了验孕棒,我要当爸爸了。"TH 说。

"你的感觉是什么?"我问他。我知道答案,但我想让这段对话继续。

"我不能说真的很期待,但也感到高兴。"

"不过你有莱利的时候已经二十四岁了。"我说,"而且赚了很多钱,负担得起这份快乐。"

现在故事进展到我之前提过的,我不确定这部分是不是真的发生过。

"说来奇怪,"TH 说,"我对我发明的一些技巧感到非常自豪,可是有些技巧,现在看来却非常好笑,真纳闷我当时到底在想什么。"

我看着他。我知道他在说什么,他是在说玩板技巧。这一段是他书里的最后一部分,在他开始回顾以前到现在的招数之前提到的。但为什么要跟我说这些? 现在我没兴趣。

"是哦,嗯,谢了,老兄。"我说。我对他感到不爽。虽然他也是个爸爸,但你不能跟他谈点正经事。我试着告诉他我的世界即将毁灭了,他却打算跟我谈踢翻、坡道空中旋转跳跃、滑板转向这些玩板技巧。不管艾丽西亚有没有怀孕,我都决定要把海报拿下来。是时候继续我的人生了。如果他这么棒,为什么不能帮助我? 我待他像神一样,但他不是神。他什么都不是。只不过是玩板选手。

"我不知道公园附近的住户怎么忍得住没出手打我?"TH 说,"有时候我真是个白痴。"

"这可是你自己说的。"我对他说。

然后,TH 在我身上施了个奇怪的魔法,这么说来他可能真的是上帝。

6

　　我知道这听起来很蠢,但通常有什么事情发生在自己身上,你一定会有所感觉,对吧?嗯,不过我却没有感觉。大部分我告诉你的故事都确实发生过,但有一小块比较古怪的部分,我就不是那么肯定了。我很确定我不是在做梦,但我不能把手放在托尼·霍克的书上发誓,他的书对我来说就是《圣经》。现在我们要开始进入这故事中古怪的部分了,我只能坦率地告诉你事情发生的经过,至于信不信就随便你。如果某天晚上你被外星人绑架,然后在早餐前被丢回你的床上。隔天早上你会坐着,一边吃着你的玉米片一边想,那是真的发生过吗?然后,你会环顾四周找寻证据。这就是我的感觉。但找不到任何证据,我现在还在找。

　　以下就是事情的经过。我不记得那天上床或入睡的情形了;我只记得醒来之后的事。那天我半夜醒过来,发现我不在自己的床上,旁边还多了一个人,而且还有婴儿在哭。

　　"哦,妈的!"睡在我旁边的是艾丽西亚。

“换你了。”她说。

我什么都没说。我不知道我身在何处，不知道现在是何年何月，也不知道"换你了"是什么意思。

“山姆，”她说，“起来！他醒了。换你了。”

“好，”我说，“换我做什么？”

“他不可能又饿了，”她说，“所以可能要帮他拍背打嗝，不然就是尿布脏了。从我们上床后，尿布就没换过。”

所以，这个婴儿一定就是我的孩子，他是男生。我有个儿子！这就是我不开手机的下场。我感到震惊，好一阵子说不出话来。

“我不行。”我说。

“什么叫你不行？”

“我不会。”

我看得出来，这句话在她耳里听来一定很诡异。我没时间搞清楚到底是怎么回事，但是我确定跟艾丽西亚上床睡觉的一定是另一个山姆，对吧？她应该是跟某个至少知道自己是父亲的人睡在一起。如果他知道自己是父亲，想必应该帮婴儿拍过背、换过尿布。麻烦的是，我不是那个山姆。我是旧的山姆。我是那个把手机关机、不想知道他前女友到底有没有怀孕的山姆。

“你醒了吗？”

“不是很清醒。”

她用手肘狠狠撞了我一下，不偏不倚地打在我肋骨上。

“啊！”

“现在醒了没？”

“还是没有。”

我知道我又会被打一次，但若不想被打，我就得起床对这个婴儿做一些可怕的事情。

"啊,啊! 真的很痛。"

"那你醒了没。"

"还是没有。"

艾丽西亚打开床头灯瞪着我看。说实话,她看起来很糟。她变胖了,她的脸肥多了,眼睛因为睡觉的关系有点浮肿,她的头发看起来很油腻。我看得出来这里是她的房间,但房间跟以前不大一样了。例如,这里以前放的是单人床,但我们现在睡在一张双人床上。艾丽西亚把原本墙上贴的《死亡幻觉》①电影海报拿下来,改贴上给婴儿看的海报。我可以看见上面有可怕的粉红色跟蓝色的动物造型字母。

"你在搞什么啊?"她说。

"我不知道,"我说,"好像不管你多用力打我,我都还是没办法清醒过来。我还没醒。我在说梦话。"这完全是谎话。

婴儿继续在哭。

"你快把该死的婴儿抱起来就对了。"

我真的一头雾水,但开始有点头绪了。我知道我不能问这个婴儿多大,或是他叫什么名字,因为会让她起疑。我要怎么跟她解释我不是她以为的那个山姆,我可能是被玩板选手托尼·霍克,为了某种只有他自己知道的理由,放进什么时光机器里,所以才会出现在这里。但跟她说这些一点意义都没有。

于是我只好下床。我穿了一件艾丽西亚的 T 恤,还有一件还没来到未来前的那个早上穿的平脚裤,嗯,管他是哪个早上。总之,婴

① *Donnie Darko*,由理查德·凯利执导的科幻悬疑电影,2001 年在美国上映。

儿睡在床尾的小摇床里,哭得满脸通红。

"闻他的屁股。"艾丽西亚说。

"什么?"

"闻他的屁股。看他是不是该换尿布了。"

我弯下腰把脸靠近他,用嘴巴呼吸以免闻到任何味道。

"我想应该还不用换。"

"那就哄哄他。"

我看过别人哄婴儿。看起来不是太难。我把手穿过他的腋下抱起来,结果他好像没有脖子一样,整颗头迅速往后坠。他现在哭得更大声了。

"你在做什么?"艾丽西亚说。

"我不知道。"我说。我是真的不知道。我一点头绪都没有。

"你疯了吗?"

"有一点。"

"好好抱住他。"

想也知道我哪懂她在说什么,但我试着猜猜看。我把一只手枕在他的后脑勺,另外一只手捧着他的背,我把他放在胸前,然后轻轻地上下摇晃。过了一会儿,他终于停止哭泣了。

"也他妈的该是时候了。"艾丽西亚说。

"我现在该做什么?"我说。

"山姆!"

"怎么了?"

"你是得了老年痴呆症还是怎样?"

"就当作我是吧。"

"他睡着了吗?"

我低头看着他。要怎么样才看得出来他有没有睡着?

"我不知道。"

"你就仔细看看啊。"

我小心地移动我抱着婴儿头的那只手,结果他的头移到另外一边。他又开始哭了。

"我想他本来睡着了,但现在又醒了。"

我把他抱回胸前,摇晃着他,他又安静了下来。这一次我不敢停下来,我继续摇,然后艾丽西亚回去睡了,我一个人站在黑暗里,把儿子抱在胸前。我不介意。我有很多事情要思考。例如,我现在住在这吗?我是个怎么样的爸爸?我跟艾丽西亚是怎么复合的?我爸妈有原谅我吗?我每天都在做些什么?我会回到原来的时空吗?当然,这些问题我一个都回答不出来。我想隔天早上醒来,我就会知道我是不是真的来到未来了。过了一会儿,我把婴儿放回摇床。我回到床上,艾丽西亚的手围绕着我,最后我也睡着了。

当我醒来的时候,我以为只是做了个奇怪的梦。因为我移了移被子下的脚,想看看会不会踢到艾丽西亚,但是什么都没有。于是我张开眼,但映入眼帘的第一件东西就是贴在墙上的动物字母海报,接着我往床尾望去,看见一个空的摇床。我还在艾丽西亚的房间里。

我起床穿上一件扔在扶手椅上的裤子。那是我的裤子,我认得出来,但压在裤子下面的衬衫是新的。应该是别人送我的圣诞礼物,因为我无法想象自己会买衬衫。我从不穿有扣子的衬衫,因为衬衫是无聊的人在穿的。

我走去厨房,想看看有没有其他人在,结果他们全体到齐——艾丽西亚、她爸妈、里奇。当然那个婴儿也在。他坐在艾丽西亚的腿上伸展四肢,手里握着一把小塑胶汤匙,眼睛盯着天花板上的灯。

"哦,早安,睡美人。"艾丽西亚的妈妈说。

"哈喽。"我说。我本来要说,"哈喽,伯恩斯太太",但我不知道现在是不是还这样称呼,我可不想在一天的开始看起来就像是老年痴呆症上身。

"你昨晚好怪,所以我让你多睡了一会儿。"艾丽西亚说,"好一点了吗?"

"我不知道,"我说,"现在几点了?"

"快八点了,"她说,讲得好像早上八点已经是午餐时间,"不过鲁夫状况还不错。"

我听不懂她在说什么。

"是哦?"不管人家说什么,回答"是哦"似乎永远不会错。

"对啊。七点十五分。鲁夫,你是个好男孩对不对? 没错,你是。"接着她把婴儿举起,然后猛亲他的肚皮。

这个婴儿——我的孩子,艾丽西亚的孩子,我们的孩子——叫鲁夫。这是谁出的主意? 有什么含义吗? 也许是我听错了。也许他是叫做鲁斯。我想整体来说我宁愿他叫做鲁斯而不是鲁夫。鲁斯至少还是个名字。

"今天要做些什么?"艾丽西亚她爸说。

"我下午大学有课,山姆会负责照顾鲁斯。"艾丽西亚说。老实说,她说的是鲁夫,但我暂时坚持他叫做鲁斯。被叫鲁斯不会给他带来什么麻烦,不过如果他开始上学后还叫做鲁斯,应该会被痛扁一顿。

"山姆,你上午有课吗?"

"我想是吧。"我说。我根本不确定，甚至不知道自己进了大学，也不知道我是读哪所大学，或是我在大学里读些什么。

"你妈今天下午会过来帮你，没错吧?"

"是吗?"

"对啊，你跟我说过她今天下午请假。"

"哦，对。她会过来这里，还是我要过去她那?"

"你自己安排。最好打个电话给她。"

"好，我会的。"

艾丽西亚她妈妈端了一杯茶给我。

"如果你要准时上课，最好赶快吃早餐。"她说。

餐桌上放了碗、牛奶跟玉米谷物片，所以我自己动手，没有人说什么。我总算做了件正常的事情。感觉起来我好像在玩游戏，大家都知道游戏规则，只有我不知道。我随时都有可能说错话、做错事，然后我就会被判出局。我试着靠逻辑思考。大学里第一堂课可能是九点开始，我可能得花半个小时通车。在伦敦，要去大部分的地方都得花上半个小时。因此我决定八点半出门。在那之前，我的原则是少做少错。

虽然我不想上厕所，但我还是去了一趟楼下的厕所，我把自己锁在里面，比一般人待在厕所里的时间更久。

"你还好吧?"我终于出来的时候，艾丽西亚这么问我。

"肚子有点不舒服。"

"你可以去上课吗?"

"可以，可以。"

"你不能穿这样出门。快去把你的外套穿上。"

我的绒毛连帽外套跟其他人的外套一起挂在走廊。我照她说的把外套穿上。然后走回厨房,我希望有人会说一些例如"快点,山姆,你得搭四号公车去某某大学然后走到十九号教室去上艺术设计课"之类的话。但没人开口,我只好跟大家说再见然后出门。

我不知道要做什么,也不知道要去哪,所以我走回家。家里没人,我也没有钥匙,这完全是在浪费时间,但我本来就是为了浪费时间才走过来的,所以并不介意。我在附近闲晃了一阵子。什么都没改变。没有人骑着飞行机车之类的交通工具在街上呼啸而过。毕竟这只不过是几年后的未来,而不是你想象中那种"未来"。

我在闲晃的时候,不停地思考。大部分时间想的都是同一件小事,我不停重复地想:我有了孩子。我有了孩子。我有了孩子。也许我应该说:我就要有孩子了。我就要有孩子了。我就要有孩子了。(你瞧,我根本搞不清楚我到底是已经有孩子了,还是即将要有孩子,究竟我原有的生活是不是已经正式结束了,还是 TH 还会让我回到过去。)我想着为什么我会住在艾丽西亚家,跟她睡同一张床,我能不能找出什么赛马比赛的结果,或是下一届《老大哥》①的优胜者之类的,这样如果我被送回原来的时空,我就可以去下注。

此外,我还想过为什么 TH 要这么做,先假设真的是他把我送进未来。我的看法是:如果他早点这么做,好比在我跟艾丽西亚上床之前,那才算有用。他可能真的可以让我学到些什么。如果那时我就被丢到未来,我就会想说:"啊!我还不想要小孩!我们最好不要上床!"但为时已晚。如果我回到原来的时空,可能手机里已经有一条短信,正等着告诉我,我的前女友怀孕了。所以我来这到底该学些

---

① *Big Brother*,1999 年诞生于荷兰、随后红遍全球的社会实验类真人秀节目。参赛者生活在一个特别设计的房子里,一举一动都被摄像机和麦克风记录。节目名称取自奥威尔的《1984》。

什么？TH好像是在说："嘿，你这呆瓜！你不该上床的！"我觉得听起来很刻薄，不像他会说的话。因为他一点也不刻薄。

我正准备要回家时，看见兔子坐在他家公寓前的阶梯上。他脚下踩着滑板，正在吞云吐雾，可是手里拿的不像是香烟。

"嘿，山姆。你去哪了？"

一开始我不想跟他说话，现在的我不管跟谁讲话看起来都像个白痴。我想到兔子其实才是谈话的好对象。除非旁边有人在看，否则跟兔子说话绝不像白痴。因为兔子本身不会察觉。我什么都可以跟他说，一来他不会了解，二来反正他会忘记。

例如：

"山姆，"我走向兔子时他对我说，"我一直想问你，你妈几岁啦？"

"兔子，我们上次不是谈过这个了吗？"我说。

"有吗？"

"有啊。"

他耸耸肩，还是记不起来，但他打算相信我。

"你上次看到我是什么时候？"我对他说。

"我不知道。感觉好像很久以前了。"

"我有小孩了吗？"

"哦，山姆，山姆，"他说，"这种事你自己应该记得。就算是我也不会忘记自己有没有小孩。"

这我倒不确定，但什么都没说。

"我不是忘记，"我说，"但我不记得有没有跟你提过。"

"你不用跟我说我也知道，"他说，"我看过你跟他出现好多次了。你带他来看你妈，没错吧？小……他叫什么名字来着？"

81

"鲁斯。"我说。

"不对。鲁斯？不是这名字。"

"鲁夫吗？"

"对。鲁夫。很有趣的名字。为什么取这名字啊？"

"我不知道。这是艾丽西亚的主意。"

"我还在想这名字是不是表示，你知道的，你们在……该怎么说？"

"我不知道。"

"你知道布鲁克林·贝克汉姆吗？"

"知道啊。"

"他们说那是因为他在那里，你知道的……"

"我不懂你在说什么，兔子。"

"大卫·贝克汉姆跟高贵辣妹在布鲁克林上床。结果九个月后他们生了孩子。我忘了那个专有名词怎么说？布鲁克林是在布鲁克林什么的。"

"受孕。"

"没错。所以我在想你们的孩子是不是也在屋顶受孕①。"

"哦，不是。"

"我只是说说罢了。"兔子说。

"所以你常看到我在这出现吗？"我问他。

"对啊。"

"但我已经不住这了。"

"对啊，我听说你女朋友怀孕后，你就搬去他们家了。"

---

① 鲁夫(Roof)在英语中有"屋顶"的意思。

"你听谁说的。"

"我想是你跟我说的。现在是怎么回事？你自己的生活你自己都不知道？"

"老实跟你说，兔子。事实是，我的时间突然快转了一年。"

"哇。"

"没错。是今天才发生的。所以我脑子还停留在一年前。我不知道发生了什么事，甚至不知道有了小孩，所以有点吓坏了。我需要帮助。你可以给我什么资料吗？"

"嗯，你说资料哦。"

"对，任何你觉得可以帮助我的事情。"

"你知道在你的时间快转前，谁赢了名人版的《老大哥》吗？"

"老实说，兔子，我要的不是这种资料。我想知道在我身上发生了什么事情，而不是这世界发生了什么。"

"你有了个孩子，然后搬到你女朋友家，然后你就消失了。我知道的就这么多了。"他发出了一个东西消失的声音，类似"噗"。

我打了个颤，好像我真的消失了。

"我很高兴你没有消失，"兔子说，"你不是我第一个认识的凭空消失的人。有一个叫马修的小子，有一天我正看着他，然后他……"

"谢谢你，兔子。待会儿见。"我现在没心情听他鬼扯。

"哦，好。"

回艾丽西亚家的路上，我在口袋里找到两枚两英镑的铜板，所以我在麦当劳停下来买点东西吃。我不记得上一次去麦当劳，一个吉士汉堡加薯条要多少钱，但看来似乎没涨多少。没有贵到一千英镑之类的。我的钱够我再多买一杯可乐还有找。我一个人找了张桌子坐下，打开汉堡，但在我咬下去之前，有个女孩对我挥手。

"嘿！山姆！山姆！"

我也对她挥挥手。我这辈子从没见过她。她是个大概十七岁左右的黑人女孩，她也有一个小孩。她用餐的时候，把小孩从婴儿车抱出来放在大腿上。

我把我的食物跟饮料放回餐盘上，然后穿过餐厅加入她。

"你好吗？"我说。

"还可以。不过这孩子昨晚闹了大半夜。"

"他们很可怕，对吧？"我说。这句话应该够安全了。父母常说这种话。

"鲁夫还好吗？"她说。看来他真的是叫鲁夫没错。每个人都这么说。

"还不错，谢谢。"

"你最近有跟其他人见面吗？"她说。

"没有。"我说。然后我又说："例如谁？"我希望我可能会认得其中一个名字，那我就会知道这女孩是谁，还有我是怎么认识她的。

"你知道的，例如，霍丽？或是尼古拉？"

"没有。"突然间我认识了很多女孩，"我很久没看到她们了。"

她突然举起她的孩子，闻了闻她的屁股。显然如果你有了孩子，你得花半辈子的时间闻他屁股。"哇，泄洪咯，这位小姐。"

她从婴儿车底部拿出一个袋子站起身。

"我可以跟你一起去吗？"我说。

"一起去换尿布吗？为什么？"

"我想看你都怎么换的。"

"为什么？你换得很好啊。"

她怎么会知道？我为什么会在她面前帮鲁夫换尿布。

"对,不过……我厌倦我的方式了。我想试试看别的方法。"

"换尿布没什么花招。"她说。我闭上嘴巴跟她下楼。

"你得进去女厕,你知道吧?"她说。

"没关系。"我说。其实有关系,只是换尿布这件事真的很困扰我。就我昨晚跟今天的观察,应该不会太困难。主要是得把婴儿抱起来,放在某个地方,这我还办得到。但我不知道要怎么把婴儿的衣服脱掉。我担心会弄断他们的手脚。

感谢上帝,好在女厕里没有其他人。她从墙上把一张桌子翻了下来,把婴儿放上去。

"我都这么做的。"她说。

我本来以为她是用力扯开婴儿身上的连身运动套装,在她脱下来后我才看见原来在腿部跟臀部的地方有很多暗扣,然后她把婴儿尿布侧边的胶带撕开,一只手把腿举起来,另一只手用湿纸巾帮她把屁股擦干净。其实婴儿的大便没那么可怕,因为量不多,而且闻起来比较像牛奶而不是狗屎。这就是为什么昨晚我不想帮鲁夫换尿布,因为我以为闻起来像狗屎或人屎,不管什么屎,总之我会吐出来。我的新朋友把脏尿布折起来,连同脏的湿纸巾放进一个蓝色的小手提袋,然后在十秒内换上新的尿布。

"你觉得如何?"她说。

"很棒。"我说。

"什么?"

"你很棒。"我说,我是认真的。

这是我看过最难以置信的事情。应该说这是我在女厕里看过最难以置信的事情。

"你也办得到啊。"她说。

"我可以吗?"我不敢相信。如果我能在几个礼拜内学会换尿布,那我就比我自认为的还要聪明许多。

我的外套里有很多钥匙,所以花了二十分钟找出哪一把钥匙配哪一道锁之后,我终于进入艾丽西亚的家。我妈已经在那了,她坐在厨房餐桌前,而鲁夫则在她腿上。我妈看起来老了些,不止老了一岁,我希望她额头上多出的几道皱纹不是因我而起。总之,我很高兴能看到她。我几乎要直奔向她,但我没这么做,因为我可能前一天才看过她,要是真的这么做她可能会觉得很怪。

"爸爸来咯。"她说,我环顾四周想知道她在说谁,然后我笑了一下,假装我是在开玩笑。

"艾丽西亚帮我开的门,她现在散步去了,"我妈说,"我要她出去走一走。我觉得她看起来有点憔悴。反正现在这里没有其他人。"

"只有我们三个。"我说,"很好。"这听起来够安全了。我,我妈,跟一个婴儿——这一定会很好的,对吧?但我还是很紧张,因为我不知道自己在说什么。也许在未来里我恨妈,也许她恨我,或者鲁夫跟妈彼此讨厌……我怎么会知道这些事情?但她只是微笑。

"大学还好吗?"

"很好啊。"我说。

"艾丽西亚跟我说你遇上了点麻烦。"

来到未来的感觉就像是打电动。你的反应必须十分迅速,非常迅速。就像是在一条笔直的路上开快车,突然有东西向你直冲而来,你就得紧急转向。我哪知道我遇上什么麻烦?所以我决定说没有。

"哦,"我说,"那没什么。"

她看着我:"确定吗?"

"当然啊,我发誓。"

我说的是实话,不管从什么角度看都是。

"那其他事情如何?"她说。

"还可以。"我说,"你呢?"我不想谈我,主要是我并不是真的了解自己。

"还过得去,"她说,"很累。"

"哦,"我说,"哦,好。"

"我们可真是一对啊,不是吗?"然后她笑了,要不然就是发出了类似笑的声音。为什么我们是一对? 那是什么意思? 这句话我听过像我妈这样的人说过无数次了,但从没想过那是什么意思。现在我试着回想,我都是在什么时间、什么场合听到别人这么说。突然我想到了。去年还是前年,要看现在到底是哪一年而定,我们两个都食物中毒。我吐了,她也吐了,然后我又吐了,她也是,我们轮流把自己关在厕所里狂吐。"我们可真是一对啊!"那时候她这么说。还有一次……兔子跟我从滑杆城回来,我们都摔惨了,兔子流鼻血,而我的脸颊上有擦伤。"你们可真是一对啊!"当妈看到我们,她也这么说。看来是当坏事发生时,例如两个人生病或受伤,或是出现把事情搞砸的征兆时,人们才会这么说。

"我们要带鲁夫出去散个步吗?"我妈说。

"好啊,这主意不错。"我说。

"那我最好得先去上个厕所。这大概是今天第一百次了吧。"

她把鲁夫抱起来交给桌子对面的我。她本来坐餐桌后的窗台上,所以我无法好好看看她。但是她把桌子推开站起身的时候,我看到她在毛衣底下塞了一颗足球。我笑了。

"妈!"我说,"你在做什么……"我话说到一半就停下来了。那不是足球。我妈不会把足球塞进毛衣里。我妈怀孕了。

我发出了像是"咦"的声音。

"我知道,"我妈说,"我今天看起来特别胖。"

我不知道我后来是怎么过完那一天的,真的。我想我的表情看来可能很诡异,昏昏沉沉的,可是我妈毛衣里的那颗足球,绝对是压垮我的最后一根稻草。我受够未来了。我是说,如果你看着未来一天一天在你眼前发生,那就没什么。但是像这样直接快转来到未来……真的很糟。我觉得既困惑又郁闷。

我们把鲁夫放进一个类似背包的东西,只不过是我得把他背在胸前而不是背后。我背着他,一方面是妈没办法背,另一方面因为他是我的孩子,不是我妈的,他让我的前胸被汗水浸透了,但是他还是睡得很沉。我们去了公园,绕着小湖泊走了一圈,我试着保持安静,所以大部分时间我们是沉默的,但每隔一阵子我妈就会问我一个问题。例如,"你跟艾丽西亚处得如何?"或是,"住在别人家里会不会困难?"或是,"你想过课程结束后要做些什么吗?"而我只能用"还可以"或是"没那么糟""我不知道"来回答。反正无论知不知道答案,我的回答大概也差不多就那个样子。我们去喝了杯茶,然后我,不对,应该说我们,如果鲁夫也算一个人的话,陪妈走回家。我没进去。我怕一进去就会不想走了。

回家的路上,我们去河边散步,那里有个男人坐在长椅上,一手抽着烟,一手推着婴儿车。

"哈喽。"我们经过时他跟我们打招呼。

"哈喽。"

"我是贾尔斯，"他说，"还记得我吗？我们在课堂上认识的？"

我这辈子从来没有见过他。他看起来挺优雅的，年纪比我大很多。

"你后来不是就没回来了？"他说。

"我不这么认为。"我说。我一说出口就知道这不是个好答案。我自己应该会知道我有没有回去某个地方，只不过我根本连一次都没去过。

"是男的还是女的？"他对着鲁夫点点头。

"男孩。"

"叫做？"

"哦，"我说，"这有点复杂。"我不大满意这个答案，但又不想进入鲁夫这名字的梦魇。

他看着我，但没有追问下去。

"你的呢？"我说。

"也是个男孩。叫约书亚。你最近好吗？"

"你知道的，就那个样子。"我说。

"对啊，"他说，"我可以问你个问题吗？你的，你知道的，你的伴侣……她快乐吗？"

"嗯，"我说，"她看起来还可以。"

"你很幸运。"他说。

"对啊。"

"我家那个状况很糟。"他说。

"哦。"

"一天到晚都在哭。也不让我碰她。"

"哦。"

"我不是指性那方面,"他说,"我没有那个意思。"

"当然没有。"

"只是不让我抱她,然后变得很严肃冷淡,而且我觉得她特别排斥抱小孩。"

"这样。"我说。

"老实说,我真的已经想不出办法了。我不知道该怎么做。"

"哦。"我说。虽然我的时间被快转了,但我不认为我能提供什么建议。我想我至少要到五十岁,才有办法处理他的问题。

"写信给杂志。"我说。

"你说什么?"

"例如,你知道的,女性杂志。"

有时候我会看我妈的杂志上的问答专栏,你可以看到跟性爱有关的资讯,但不会有人知道你其实在看跟性有关的文章。

他看起来不大满意这个建议。

"这是很紧急的问题,这个方法似乎太慢了。"他说。

"他们一个月出刊一次,"我说,"现在才月中,如果你快点写信,也许下一期就可以看到答案。"

"嗯,好,谢了。"

"不客气。我们得走了,"我说,"待会儿见。"

我觉得他还想再多聊一会儿,但我就这么走了。

下午跟晚上都没什么事情发生。艾丽西亚跟她爸妈还有我一起吃饭,然后鲁夫睡着后,我们一起看电视。我装出一副对节目很感兴趣的样子,但事实上根本不知道自己在看什么。我只是坐在那里一边想家一边难过,我对自己感到很抱歉,很想念原来的生活。但就算我回到原来的时空,原来的生活也不会维持太久。我将会打开手机,而里面会有一条短信告诉我,一年内我就会有个小孩,而且会跟不熟也不怎么喜欢的人住在一起。我想回到更早之前的时空,回到我还不认识艾丽西亚、对做爱还不感兴趣之前。如果托尼·霍克能让我回到十一岁,我绝不会搞砸第二次。我想我会变成基督徒之类的,那种什么欲望都没有的人。过去我认为他们都疯了,但其实他们没有,对吧?他们知道自己在做什么。他们不想跟别人的爸妈一起看电视。他们想自己一个人在房间里看电视。

我们十点上床睡觉,但没把灯关上,因为艾丽西亚得喂鲁夫。她喂完后,要我帮鲁夫换尿布。

"换尿布?我?现在?"

"你又在搞笑了吗?"

"没有,"我说,"抱歉。我只是,你知道的,只是想确定我没听错。"

就在我从床上起身的时候,鲁夫发出了一个类似果冻滑进排水口的声音。

"该死,"我说,"这什么声音。"

艾丽西亚笑了,但我可是认真的。

"正是时候,年轻人。"她说。

过了一会儿我便了解艾丽西亚的意思。她是说鲁夫发出的声音,其实就是大便的声音,而我现在得处理这件事。

我把他抱起来走向厕所。

"你要去哪?"

显然我不知道我要去哪。

"就……"但是我想不到好答案,所以就停在原地。

"你确定你没事吗?"

"确定。"

虽然我没事,但还是不知道该去哪里。我就站在原地。

"我们尿布用完了吗?"

突然间我注意到艾丽西亚床尾的旧玩具箱。上次来这房间时,里面装满她小时候的玩具。现在上面放了一个塑胶垫,地上则放了一个装满尿布的袋子,还有一个我的女黑人朋友在麦当劳用的那种湿纸巾盒。

鲁夫睡着了。他的眼睛在眼皮底下转啊转的好像喝醉了一样。我把他连身运动套装的暗扣解下,把他的腿拉高,将尿布旁的胶带撕开,就像午餐时我朋友做的一模一样。然后……你可能不会想知道该如何换尿布。就算你想知道,我想我也不适合教你。重点是,我完成了,而且没有一塌糊涂。我不记得上一次我对自己这么满意是什么时候。可能是第一次跟艾丽西亚上床的时候。如果仔细想想,这其实蛮好笑的。先是跟她上床感到开心,然后我又为了某件因为跟她上了床才会发生的事感到骄傲。

也许这就是 TH 要把我丢到未来的目的。也许他试着教我如何换尿布。这手段也太激烈了,他大可让我去上堂课就好。

"你是真的爱我吧,山姆?"当我把鲁夫放回摇床、回到床上后,艾丽西亚这么对我说。而我只是躺在床上背对着她,假装睡着了。我不知道我爱不爱她。我怎么会知道呢?

后来我花了很长很长的时间才又睡着,但当我早上醒来,发现我人在自己的床上,却觉得这不是我的床了。你的床通常会让你感觉安全,但是我现在一点都不觉得安全。我知道每一件即将发生在我

92

身上的事,也许我还能继续呼吸很多年,但对我来说我的生命即将结束,我百分之百确定艾丽西亚怀孕了。如果我的人生会像我所看到的那样,嗯,我不想过这种人生。我想要原来的生活,或者别人的生活也可以。总之,我不要我看到的这个!

7

在这故事发生前的那年夏天，我跟我妈一起去西班牙度假，我们在当地酒吧认识了帕尔一家人。他们也是英国人，我们常常混在一起。他们住在黑斯廷斯，人还不错。他们家有一个小孩叫做杰米，他比我大六个月，杰米有个十二岁的妹妹叫做斯嘉丽。妈很喜欢蒂娜跟克里斯，也就是那对父母。他们每晚都坐在英国酒吧里，嘲笑那些来西班牙玩但只肯去英国酒吧的英国人。我不大了解他们的想法，但他们自认为很风趣。度假回来的几个礼拜后，妈跟我坐火车去黑斯廷斯找他们。我们在滨海区玩迷你高尔夫，吃炸鱼薯条，还一起打水漂儿。我喜欢黑斯廷斯。那里有公共露天游乐场，还有个骑楼市集，却不会太过俗气，此外还有条小铁路可以一路开到峭壁的顶端。但在那之后，我们再也没见过帕尔一家人。我们收到过一张他们寄来的圣诞卡片，但是去年妈始终抽不出空写张圣诞卡给他们，所以在那之后他们大概就放弃跟我们做朋友了。

我从未来回到现在的那天早上，黑斯廷斯是我醒来第一个想到的地方。我确定艾丽西亚怀孕了，而我并不想当爸爸，所以我必须搬出伦敦永远不回来。整个英国除了伦敦以外，我只认识黑斯廷斯这个地方。除了西班牙，我们没去其他地方旅行，我没钱也没信用卡，无法出国。所以我跟我妈一起吃完早餐，她出门上班后，我打包了行李，带着我的滑板，决定要搬去黑斯廷斯。

　　我知道我是孬种，但做人有时候也不必太勇敢，对吧？如果勇敢的代价是被摧毁，那又何必勇敢。例如你走在街上，发现街角有五十个基地组织分子。别说五十个了，五个就好，不，一个就好。一个手里拿着机关枪的基地组织分子就够了。虽然落跑可能感觉很糟，但有其他选择吗？嗯，我现在正来到这个街角，那里有基地分子跟机关枪，只是所谓的基地分子不过是个婴儿，而且他手里也没有机关枪。但在我的世界里，婴儿即便没有机关枪，也跟持有机关枪的恐怖分子一样可怕。鲁夫跟基地组织都会对我上大学主修艺术设计，以及其他人生计划产生致命威胁。事实上，艾丽西亚是另一个基地分子，她爸妈也是，还有我妈也得算在内，如果她发现真相，会杀了我。所以，我眼前的街角一共有五个基地分子在等着我。只要一个就会让你想落跑去黑斯廷斯或其他地方了。

　　我身上有四十英镑，本来是为了要买一双名牌滑板鞋存的，但现在得等到我在黑斯廷斯安顿下来，找到工作跟公寓后再买了。四十英镑够我去黑斯廷斯了，我想可以找到过夜的民宿。我打算在滨海区找个工作，做一些很酷的事情。那里有一个很大的户外保龄球场，我跟杰米曾一起在那打过保龄球，那里的老板人还算不错，我想他可能会给我一份工作。要不然我可以去照顾湖里的游湖船，或者在骑楼市集帮人们换零钱，虽然说这不是我的首选，但勉强可以接受。总之有一堆我可以做的事情，每一样都比帮鲁夫换尿布，还有跟艾丽西亚的父母同住来得好。

从我家到火车站的车资可以用交通卡支付,所以不用花钱。火车站到黑斯廷斯要十二英镑,所以我还剩下二十八英镑,加上口袋里差不多三英镑的硬币吧。这就是选择移居黑斯廷斯而不是澳洲的好处。我已经处理完所有的交通费用,还剩下三十一英镑。此外,我大约是九点半出发,当天午餐时间就抵达目的地了。

我大概花了十分钟走过市区来到海边,并在某家卖炸鱼薯条的商店买了一包薯条。这家店就在迷你高尔夫球场附近。有一家人正在玩高尔夫,这让我有点感伤,因为一年前我也曾在那里玩。我看到一个跟我年纪差不多的小子,跟他的妈妈还有弟弟玩耍,你可以看出来他没什么烦恼。他已经打到第十八洞了,正试着把球打上一个斜坡,但球一直滚下来,他妈跟他弟在笑他,于是他把球杆一扔坐在墙上,从这方面看来他的确有些小烦恼;事实上,有一度他往我这边看,我正坐在长椅上吃着薯条,看得出来他很羡慕我。因为我看起来一副无忧无虑的样子。我不像他正在生气,也没有被家人取笑,而且有阳光照在我的脸上。我没那么难过了,跟他比起来我确实没什么烦恼。我为了逃避烦恼而跑到这里,这就表示我的烦恼都留在伦敦,不会出现在这里了。只要我不打开装满坏消息的手机,那么我的烦恼就会继续留在伦敦。

"嘿!"我对着那小子大喊:"可以帮我看一下东西吗?"

我指了指我的滑板跟包包,他点点头。然后我起身,走过鹅卵石来到海边,用力把手机丢到海里,愈远愈好。就这么简单。一切都消失了。我走回海边,在滑板上度过愉快的三十分钟。

没有人在玩保龄球,老板坐在他的小亭子里,边抽烟边看报纸。

"哈喽。"我说。

他挑了挑眉,至少我认为他确实有挑眉。我想那是他打招呼的方式。他的目光没有从报纸移开。

"你记得我吗?"

"不记得。"

他当然不记得我。我真蠢。我太紧张了,所以有点迟钝。

"你需要帮手吗?"

"我看起来需要吗?"

"嗯,有时候这里会很忙,对吧? 我去年来这玩过,那时还得排队。"

"就算有人排队,你要负责做什么? 我不介意大家站在那边等。我可不需要警察来维持秩序。"

"不是,不是,我不是说排队。我是在想,你知道的,你可能需要有人帮你把球瓶摆回原位之类的。"

"听着,就连我都没有真正的工作了,更别说其他人。如果你想把球瓶放回去,请便,但我不会付你钱。"

"哦,不。我在找工作。一份真正的工作。有钱的工作。"

"那你来错地方了。"

"那你认识其他需要帮手的人吗?"

"不是,我是说你来错城镇了。你自己看。"

他对着海边挥挥手,目光还是没离开报纸。有一个悲惨的小子在玩迷你高尔夫,湖里没人在划船,弹簧垫上也没人,有四到五个家庭在等着搭小火车,几个老太太在咖啡厅喝茶。

"今天还是好天气,如果下雨的话,人会更少。"然后他笑了。不是大笑,只是一声:"哈!"

我站在那好一会儿。我本来就知道不会在黑斯廷斯找到艺术设计方面的工作。我没有不切实际的期望,但我是真的认为可以在这里找到一份暑期工。不需要什么高级的工作,一天能赚个四十英镑就不错了。我想起去年我们跟帕尔一家人一边吃冰淇淋,一边打保龄球的画面,那时整个滨海区也是没什么人。我不知道为什么会忘了。还是说我其实记得,只是没看出跟找工作有什么关系。我只有想过这会是一个无聊的工作,整天发呆等顾客上门。我没有想到这里根本连个工作都没有。

我问了其他几个地方。我去了骑楼市集,几家卖炸鱼薯条的店,甚至连开往峭壁的小火车都问过了,但一无所获,而且大部分人都会开类似的玩笑。

"我还在想要怎么过完今天咧。"小火车的人这么说。他靠着柜台看钓竿目录。没有任何客人上门。

"我可以给你一份工作。"弹簧垫上的男人说,"你去找些小朋友过来。不过可能得去布赖顿,甚至是伦敦才找得到。"他在玩手机里的扑克牌游戏。他也没有客人。

"滚开!"市集里摆老虎机的老板说。但他不是在开玩笑。

我午餐又吃了薯条,接着我得开始找地方过夜了。既然不打算回家,就该找个长住的地方,但我决定先别想这么远。离市中心较远的地方有很多民宿,我选了看起来最破旧的,因为我确定我恐怕只负担得起这家。

这间民宿闻起来像鱼。黑斯廷斯有很多地方闻起来都有一股鱼味,大部分时间你也都不会介意。若是在又高又黑的渔民住的小屋里,我想就算是闻到腐烂的鱼味也不会介意,因为你有心理准备。只要有渔船,就一定会有腐烂的鱼,只要渔船还不错,你就可以忍受伴随而来的缺点。但若在阳光普照的民宿里闻到鱼味,情况可就不同了。这里的味道闻起来像是鱼已经钻进了地毯、窗帘,跟住户的衣服。渔夫小屋里的烂鱼味是一种健康的味道,虽然说那些鱼并不太健康,否则也不会腐烂。但是当这股味道渗透到窗帘里,那就一点也不健康了。就好像有人放了一个无敌臭屁的时候,你会想把 T 恤的衣领拉高,好盖住口鼻呼吸。

接待柜台上有一个铃,我按了铃,但好一会儿都没人来。只有一个年老的客人撑着辅助架,穿过走廊,走向大门。

"别只是站在那,小姑娘。帮我开门啊!"

我看看四周,后面没有人。他是在跟我说话,就算他叫我"小子",还是很粗鲁。我怎会知道他想要开门? 他之所以叫我"小姑娘"而不是"小子"——我猜是因为头发的关系,因为一来我没穿裙子,二来也没把整个人生耗在发短信给别人上面。

我替他开了门,他一边嘀咕一边走过我面前。但没办法走太远,因为从前门到街上大概有二十阶的楼梯。

"我要怎么下去?"他生气地说。他看着我,好像是我在过去两小时建造了这些阶梯,好让他无法去公共图书馆、药房、投注站,或是任何他想去的地方。

我只是耸耸肩。他惹毛我了。

"你是怎么进来的?"

"我女儿!"他大喊,好像全世界都应该知道这件事,就算大卫·贝克汉姆成为法国总统,也比不上这个怪老人的女儿帮他用辅助器爬上楼梯,好进入一家民宿来得重要。

"我该去叫她来吗?"

"她不在这,你看到她在吗? 天啊,现在学校都教些什么? 肯定没教你们什么是常识。"

我不打算帮他。首先这看起来可能得花上两小时。再来是因为他是可悲的老混蛋，我找不到任何帮他的理由。

"你不打算帮我吗？"

"好吧。"

"对，我早该想到的。现代年轻人都是这副德行，竟然还要我开口才肯帮忙。"

我知道你们会怎么想。你们会说，山姆人太好了！这老家伙对他那么无礼，他竟然还愿意帮他下楼梯！但我知道一定也有人会说，如果他真的有你们说得一半好，现在就不会在黑斯廷斯了！他会在伦敦，照顾他怀孕的女友！或者说前女友！所以这个粗鲁的老人算是上帝对他的惩罚！老实说，我很同意第二种说法。虽然我不想跟这个领养老金的老人搅和，但跟待在家里得面对的事情比起来，终究好多了。我突然想起海底的那只手机，短信可能会不停哔哔哔地传上来，把鱼都吓坏了。

结果帮他下楼梯来到街上花不到两小时，只花了十五分钟，但如果你把手埋在某个老头的腋下，那十五分钟会像两小时一样长。他一阶一阶地把辅助器往下移，而我在一旁防止他往前或往后摔倒。往前摔是最难阻止的，而且想起来最可怕。往后摔顶多伤到屁股，不过如果他真的往后摔，比较有可能会压扁我。那是一条很长的阶梯，如果他真的摔下去，我想他的身体可能会四分五裂，四肢跟耳朵恐怕都会掉下来，因为它们看起来似乎不是很牢固。

每当他脚步不稳的时候，就会大喊："就是这样！我要摔下去了！你会杀了我！我不会感谢你的！"他应该知道，如果他还有空鬼吼鬼叫，就表示他还没摔倒。总之，我们走下楼梯来到马路上，然后他开始拖着步伐,下斜坡往市中心走去,然后他突然停下来往回走。

"我大概半个小时后会回来。"他说。他显然是在说谎,因为半个小时他顶多只能走七块石砖的距离,但那不是重点,重点是他期望我等他回来。

"半个小时后我就不会在这了。"我说。

"你照我说的做就对了。"

"不要,"我说,"你太无礼了。"

我通常不会回嘴,但为了这种人你势必要破例一次。而且我现在不在学校,甚至不在家,如果我想在黑斯廷斯展开我的生活,势必得反击,否则这辈子都会站在民宿前等老人。

"还有,我不是女生。"

"哦,我早就发现了,"他说,"我没说是因为我想这可以刺激你去剪头发。"

"好吧,待会儿见。"我说。

"什么时候?"

"就……你知道的。下次见面的时候。"

"你半个小时后就会见到我。"

"我不会在这。"

"我会付钱,你这白痴。我不期待任何人免费帮我做事。时代不同了。不管上楼或下楼,我一次付你三英镑。"他对着阶梯挥手,"如果你整天听候我差遣,我一天给你二十英镑。我有的是钱。钱不是问题。要怎么离开这鬼地方去花钱才是问题。"

我找到工作了。我在黑斯廷斯的第一天,就开始工作了。我很确定我能在这里自力更生。

"半小时之后吗?"我说。

"哦，我还以为你对钱不感兴趣，"他说，"看来这年头上天不准人们自愿做善事了。"

然后他拖着脚步……嗯，我本来要说他拖着脚步离开，但这样说不对，因为他走得很慢，所以他哪也没去。

如果我站在原地看着他走路，十五分钟过后还是可以把口香糖吐到他的头上。所以，我们就姑且说他在原地拖着脚步走动。

我还没找到房间。所以我又走进去，按了铃，祈祷没有其他怪老人会从不知名的地方出现要我帮忙。我忍不住想，如果真的有的话，也许我赚到的就不只是房间跟食物的钱而已。也许我可以从老人身上大赚一笔。只不过除了老板娘以外没有其他人出现，而她可以靠自己的力气移动，不需要我帮忙。

"有什么需要帮忙的吗?"她说。我知道为什么这里闻起来像鱼了。因为就连鱼本身都没有她闻起来那么像鱼。感觉她像是已经煮了一千年的鳕鱼之类的。

"我需要一间房。"

"你一个人吗?"

"对。"

"她在哪?"

"谁?"

"你以为我几岁?"

我看着她。这游戏我以前跟我妈工作认识的朋友玩过。基于某些原因，我妈的朋友要我猜她多大，我猜五十六岁，结果她只有三十一岁，于是她哭了。这种游戏从来就不会有好结果。而眼前这个女人，她绝对不可能是，嗯，我不知道，四十岁以下吧。我不这么认为。

她可能是六十五岁。但我怎么会知道她到底几岁？所以我只是站在那儿，可能嘴巴还张着。

"我来帮你，"那女人说，"你会说我比一天还老吗？"

"会，"我说，"当然。你比一天要老很多。"可能因为我表达的方式，好像是在说她是个可怕的老巫婆，所以她微微地皱起眉头，但我真正的意思是说她不是个新生儿。我是说，你该对这些人说什么？"哦，你看起来好年轻，甚至年轻到看起来像个新生儿？"这才是他们要的吗？

"没错，"她说，"所以我不是昨天才出生。"

"不是。"啊，我现在懂了。

"我知道有个女孩在外面等你。"

有个女孩！这太好笑了，她以为我想要开房间，好跟女孩睡在一起。事实上我这辈子再也不会跟任何人上床，以免我又让她怀孕。

"你可以走出来看。"

"哦，我知道她不会站在街上。你可能很天真，但我确定你不笨。"

"我在黑斯廷斯一个人都不认识。"我说，我想我不该提到帕尔一家人。她不会管那么多的。"而且我不喜欢女生。"

我显然说错话了。

"或是男生。我不喜欢男生，也不喜欢女生。"

这听起来也不大对。

"我喜欢跟他们交朋友，但我没兴趣跟任何人共享民宿房间。"

"那你来这干吗？"

"说来话长。"

"我猜也是。"

“没错。”我说。她开始惹恼我了。“我跟你打赌,赌多少钱都可以。”

“好啊。”

“那就来赌啊。”

这变成了一场愚蠢的对话,没有人会想打赌我的故事到底有多长,但我们该谈的话题却没有谈,也就是我该在哪度过这个晚上。

“所以你不打算给我房间。”

“没错。”

“那我该怎么办?”

“哦,这里还有很多地方会收你的钱。但我们跟那些地方不一样。”

“我替你们的一个顾客工作。”我说。我不是很清楚为什么要坚持住这。还有很多地方可以住,只不过闻起来可能不会像鱼,而是像包心菜或是过期培根的臭油味之类的东西。

“是这样吗?”她决定结束我们之间的对话,而且完全不感兴趣。她开始收拾书桌,检查她的电话留言。

“是,而且我答应他等一下我会帮忙他上楼梯。他拿着辅助器走路。”

“你说布赖迪先生吗?”

她看着我。看得出来她很怕他。

“我不知道他的名字,总之就是一个带着辅助器的无礼老人,我刚遇见他,他要我当他的助理。”

“他的助理? 你要帮他做些什么? 帮他处理税务吗?”

“不是。帮他上下阶梯。可能还要帮他拿东西。”

显然最后一句话是我捏造出来的,因为我们还没有机会谈论这份工作的细节。

"总之他跟我提起过你。"

"他说了什么?"

"他说你不能把我赶出去,否则他会给你制造麻烦。"

"反正他本来就会添麻烦。"

"所以现在就看你想不想继续处理更多的麻烦。"

她转过身背对我,我想她是在说,坐下!把这里当自己家!

所以,我坐在接待处的长椅上。那里有一份当地的报纸,我翻翻报纸想了解关于我新家的一切,过了一阵子我听见布赖迪先生在喊我。

"嘿。笨蛋兔崽子。你在哪?"

"他在叫我了。"我对那女人说。

"那你最好快去帮他,"她说,"我不会给你双人房。"

单人房一晚要二十英镑,而布赖迪先生一天付我二十英镑。所以我成功了。我可以活下去了。这就是我在黑斯廷斯找到工作跟落脚处的故事。

8

登记入住后,我把行李安置好。我的心情还算平静,只是感觉有点怪,感觉怪是当然的,毕竟我人处在一间陌生的房里、一个陌生的城镇,呼吸着鱼味,但这种奇怪的感觉并不算坏。我冲了澡,穿上一件T恤跟平脚裤,躺在床上沉沉睡去。然而到了半夜,事情开始变糟。

我很确定如果布赖迪先生没有在凌晨四点敲我的门,我会一觉到天亮。

"笨蛋!"他大喊,"笨蛋!你在里面吗?"

我故意不出声,我想如果我不理他,也许他就会回房去。但是他继续敲个不停,结果其他房客开门威胁他安静,他也威胁回去,所以我只好起床安抚大家。

"先进来再说。"我对布赖迪先生说。

"你没穿衣服,"他说,"我不打算雇用不穿衣服的人。"

我跟他说一个穿着T恤跟平脚裤的人不算没穿衣服。我没告诉他的是,你不能因为雇人替你工作,就要求他永远不脱衣服。他不肯进房间,也不肯放低音量。

"我的遥控器掉了,"他说,"不是弄丢。它掉到床边了,我拿不到。"

"现在是凌晨四点。"我说。

"这就是为什么我付你钱,"他说,"你以为我一天付你二十英镑,只为了帮我上下楼梯吗?我没睡,所以你也不能睡。总之,在我拿到遥控器之前你不能睡。"

我回房穿上牛仔裤,跟他走到走廊另一头。他的房间很大,闻起来不像鱼,比较像是战时用来毒害德国人的某种化学药剂。他有自己的浴室,还有电视、双人床跟沙发。我房里可没有这些东西。

"在那下面,"他说,指着床靠墙的那面,"你摸到其他东西,就放着别管。如果你碰到什么脏东西,我有一整批低价买进的石碳酸皂可以让你洗手。"

这是我听过最恶心的一段话。当我手往下伸去的时候,我真的很害怕。他认为下面可能会有什么?他死掉的宠物狗?他死掉的老婆?还是过去二十年他不想吃、从盘子上刮下来堆在床底的鱼吗?

就在那一刻我决定要回家。那时凌晨四点,我可能即将摸到腐烂的死狗残骸,一天的薪水是二十英镑,所谓的一天是一整个白天加上半个晚上,工作内容可能还跟死狗有关。而住在这个闻起来很可怕的民宿一晚刚好花去我二十英镑。有没有可能狗只要腐烂得够久,闻起来就像鱼?总之我得工作一整个白天跟半个晚上,却赚不到半毛盈余,一英镑、一便士都没有。

当我在一个陌生老人的床侧底下摸索的时候,我问我自己,有了孩子会比眼前这个情况更糟吗?我回自己的答案是,不会,不可能

107

更糟。

结果床底下除了遥控器之外没有什么东西。我可能摸到了袜子，这让我吓了一跳，但袜子毕竟由棉或是羊毛制成，而不是毛皮或是肉，所以还可以接受。我把遥控器拿回来交给布赖迪先生，他连句"谢谢"都没说。我回到床上，但睡不着。我想家，而且我觉得……嗯，我觉得自己很蠢。布赖迪先生是对的。我妈应该叫我笨蛋。我到底在想什么？

- 我有个怀孕的女友，或是前女友，我甩了她。
- 我没告诉我妈我去哪，她会担心出病来，因为我离家一个晚上了。
- 我本来真的以为我会住在黑斯廷斯，要不是负责整理保龄球瓶，就是专门帮助需要上下楼梯的老人。我说服我自己可以靠这些事情过活，也跟自己说会喜欢这样的生活，只不过没朋友、没家人、没钱罢了。

这一切简直是**蠢蠢蠢**，蠢死了。这一切让我感觉很糟，但我不是因为罪恶感而睡不着，是觉得实在太丢脸了。你能想象吗？竟然有人会困窘到睡不着？我脸红了。我脸上集中了太多血液，导致眼睛都闭不起来。好吧，我可能夸张了点，但感觉起来真的就是那样。

我六点钟起床，穿好衣服走回车站。我没付房钱，但是布赖迪先生也还没给我薪水。他会把这件事摆平的。我决定回家娶艾丽西亚，照顾鲁夫，而且永远不会再落跑。

若是不想继续当个笨蛋，光是下定决心是不够的。否则我们何不干脆决定成为一个绝世天才，聪明到可以发明 iPod 然后大赚一笔？又或者何不干脆决定要成为大卫·贝克汉姆？或是托尼·霍克？如果你天生就笨，那么无论做出多少聪明的决定也帮不了你，因为你与生俱来的那颗脑袋并不会改变，我想我的脑容量一定跟一颗小豌豆差不多大。

听着。

首先，我很高兴我早上九点才到家，因为妈八点半就去上班了。所以我想我可以先帮自己泡杯茶吃点早餐，接着看看电视，等妈回来再跟她道歉就好了。蠢吗？蠢毙了！因为我不告而别我妈根本没去上班。她从昨天下午就开始担心到彻夜未眠。谁会猜得到呢？可能你猜得到。还有这世界所有两岁以上的人也都猜得到。但不包括我在内。哦，这真糟糕。

但更糟的还在后头。当我走进我们家巷口的转角，看到有辆警车停在我们的公寓外面。我边走边想谁出事了，我希望我妈没发生什么事才好，还祈祷晚上没有强盗闯入我们家，抢走我们的 DVD 播放器。笨吗？非常笨。结果是，凌晨三点艾丽西亚还是没等到我的消息，我妈也没等到我消息，因为手机被我丢进海底了，所以也没人能联络得上我，于是他们开始慌张，决定报警处理！这也太惊人了吧？

当我插入钥匙的时候，甚至还以为我会看见一间没有 DVD 播放器的公寓。但事实上，我进门第一眼就看到 DVD 播放器。再来看到的是我妈拿着面纸在擦眼泪，旁边还有两位警察，其中一位是女警。我看见我妈擦眼泪的时候，我甚至还在想，哦，不！她怎么了？

她看着我，然后环顾四周寻找可以拿来丢我的东西，最后她找到了一个遥控器。不过她没打中，如果她打中了，有可能会让我跑回黑斯廷斯,这样一来,我会在一天内为了电视遥控器而往返黑斯廷斯,如果真的那样就有趣了。至少比其他发生在我身上的事情有趣。

"你这笨蛋,白痴!"她说。大家似乎真的开始发现我很笨这件事。"你去哪了?"

我做了个抱歉的表情,然后说:"黑斯廷斯。"

"黑斯廷斯? 黑斯廷斯?"她现在是真的在尖叫了。坐在她脚边地板上的女警摸摸她的腿。

"对啊。"

"为什么?"

"嗯,你记得我们跟帕尔一家人去那边玩迷你高尔夫吗?"

"我不是说你为什么选择去黑斯廷斯,我是说你为什么离家出走?"

"你跟艾丽西亚谈过了吗?"

"有,当然有。我跟艾丽西亚谈过,我跟兔子谈过,我跟你爸谈过,我跟所有我想得到的人都谈过!"

想到我妈跟兔子谈过,我顿时有点分心。连我都不知道要怎么跟兔子说话,我不知道妈是怎么办到的。还有,我在想兔子有没有忍不住想约她出去。

"艾丽西亚说了什么?"

"她说她不知道你在哪。"

"就这样?"

"我没那种闲工夫跟她聊你们之间的关系,如果你想问的是这件事情的话。不过她很难过。你对她做了什么?"

我不敢相信。就我看来,过去二十四小时里唯——件有可能发生的好事,就是艾丽西亚已经跟妈说她怀孕了,这样表示我不必开

110

口。但现在听起来什么都没发生。

"哦。"

"你的手机呢？"

"丢了？"

"那你在哪过夜？"

"就……一家旅馆。家庭旅馆之类的。"

"你哪来的钱住旅馆？"

女警站了起来。既然我们谈论的话题已经从究竟我是死是活，变成我如何付旅馆的费用，所以我想她大概认为没必要继续留在这儿。我觉得这很不专业。我大可以等到她走出门后，再告诉我妈我跑去贩毒或是抢劫老人。如果真是这样，那她就错过了一次破案的机会。但也许她根本不在意，因为那是发生在黑斯廷斯而不是她的辖区。

"我们得走了，"女警说，"我晚点再打电话给你。"

"谢谢你的帮助。"妈说。

"不会。我们很高兴他能平安回来。"

她看着我，我很确定她的表情意有所指，但我不知道那是什么意思。有可能是说：对你妈好一点，或是，我知道你哪来的钱住民宿，或是，现在我们知道你是坏孩子，我们会永远观察你。总之，我确定她的表情不单只是说再见这么简单。

我不大希望他们离开，这样一来就没人能阻止我妈对我采取非法行动，我看得出来她现在正有心情这么做。她一直等到听见前门关上的声音，才开口问我："好。到底怎么一回事？"

我不知道该说什么。为什么艾丽西亚没告诉妈她怀孕了？这个问题可能有很多答案，但因为我是白痴，所以我选的答案是：艾丽西

111

亚没跟妈说她怀孕,因为她根本没怀孕。我凭什么推论出这个答案?先姑且不论我在未来看到的一切好了,因为那算不上什么证据。我认为虽然艾丽西亚买了验孕棒,但因为我把手机关机然后丢到海里,所以还没听到结果。嗯,一定有很多人买了验孕棒,结果发现他们没有怀孕,对吧?否则何必验孕呢?如果艾丽西亚没有怀孕,自然没必要跟妈说。这是好消息。但坏消息是,如果艾丽西亚没怀孕,我就没什么理由离家出走。

我们就坐在那里。

"怎么了?"妈说。

"我可以先吃早餐吗?"我说,"可以喝杯茶吗?"

我很聪明,至少以一个笨蛋来说我算聪明了。我说话的语气像是在透露,这故事很长。故事当然会很长,因为是我捏造出来的。

我妈走向我,给我一个拥抱,然后我们一起走进厨房。

她帮我做了炒蛋、培根、蘑菇、豆子,还有马铃薯松饼,过了不久,她又帮我做了同样一份。我饿坏了,在黑斯廷斯我只吃了两包薯条,但就算再饿,一顿早餐其实就够了。但重点是,唯有她在煮饭而我在吃饭的时候,我才不用跟她说话。她会问我一些问题,例如,你怎么去黑斯廷斯的,或是你有跟什么人聊天吗?所以最后我只好跟她说起布赖迪先生,还有我的工作,还有遥控器的故事,她笑了,一切看来挺不错的。但我知道我只是在拖延时间。我想了一下还有没有办法再吃下第三顿早餐跟第四杯茶,这么一来我们就可以保持现在这个舒服的情况,只不过到时候我恐怕会吐出来。

"所以?"

我对着盘子皱眉,好像我正准备要透露秘密心事。

"我只是……我不知道。我想我只是一时反常。"

112

"为了什么,宝贝?"

"我不知道。很多事。跟艾丽西亚分手、学校、你跟爸。"

我知道她会最先注意我说的最后一件事。

"我跟你爸?但我们离婚好几年了。"

"是没错。我不知道。我就突然想起这件事。"

这个说法任何正常人听了都会一笑置之。就我的经验,父母都喜欢背负着罪恶感。这样说好了,如果你跟他们说,他们曾做过的某件事在你心中留下阴影,就算你只是随口胡诌,他们也不会注意到那听起来有多蠢。他们会非常非常认真地看待。

"我就知道当初该换种方式处理的。"

"例如?"

"我想要去看家庭心理师,但当然你爸认为那是狗屁。"

"嗯,总之现在说这些太迟了。"我说。

"不,别这么说,"妈说,"绝对不会太迟。我读过一本书,内容是关于一个曾经在五十年前被日军拷打的男子,他始终无法释怀,所以最后他去找人辅导。这种事永远不会太晚的。"

这是这些天来我第一次想笑,但我得憋着。

"对,我知道。但你跟爸所做的……我想已经搞砸了我的人生,这跟被日本人拷打是两回事。真的。"

"是两回事没错,毕竟我们离婚到现在还不到五十年。所以,你知道的。"

我什么都不知道,只是点点头。

"哦,天啊,"她说,"当你怀里抱着婴儿,你看着他心想,我绝对不要搞砸他的人生。结果你做了什么?你还是失败了。我无法相信,我怎么会把每件事都搞砸了。"

"哦,不要紧。"我说。但你知道的,我的口气不是非常强烈。我的口气像是说,有一天我会原谅她,但不会是十年内的事。

"你愿意跟我一起去找人辅导吗?"

"我不知道。"

"为什么不知道?"

"我不知道,你知道的……我该说些什么。"

"你当然不知道该说什么。这就是为什么我们要去参加家庭辅导。各种你不知道的事情都会被拿出来讨论。我会让你爸一起参加。他现在不像以前那么目光狭隘了。卡罗尔还说服他去跟别人讨论,为什么他们两个没办法生小孩。我看我上班时来找点资料好了。这件事得愈快进行愈好。"

然后她给了我一个拥抱。因为我说我无法接受我父母离婚的事实,所以我逃家的行为被原谅了。这是好事。但坏事是:我得坐在房间里跟陌生人谈一些根本不存在的感觉,我不是很擅长编故事。此外,我妈还是不知道我为什么要跑去黑斯廷斯过夜,我想不到该如何告诉她。

妈要去上班了,她要我答应她不会乱跑。反正我哪也不想去,只想整天坐在家里看《法官朱迪》①跟《成交不成交》②。但我知道我不能这样。我得去艾丽西亚家看看事情有何进展。我大可用家里电话打给她,但我没有。她可能会对着电话发飙,到时我只能站在那里嘴巴一张一阖的。如果我站在她面前,至少还会觉得自己像个人。透过电话,我只会是一张不停开阖的嘴。

---

① *Judge Judy*,1996 年开播的美国庭审真人秀节目。截至 2019 年已播出 22 季。
② *Deal or No Deal*,2005 年开播的美国竞猜游戏类综艺节目,因奖金数额巨大以及悬念迭起而广受关注。

我的计划是坐公车到艾丽西亚家,然后躲在灌木丛里偷偷观察,直到看见什么蛛丝马迹为止。这个计划有两个缺点:

1. 没有灌木丛。
2. 我到底该看些什么?

在我的想象里,我已经离开好几个月了,所以我会看见艾丽西亚带着隆起的肚皮缓慢地行走,或是走到一半会停下来害喜。但我不过才离开了一天半,所以她看起来会跟在星巴克碰面要买验孕棒时一模一样。太多事情让我的脑袋一团混乱。我花了太多时间在想艾丽西亚怀孕这件事。但同时又被扔进未来,让我的思绪更混乱。我简直是同时活在三个时区里。

既然没有灌木丛,我只能将就躲在她家对面的街灯后面。街灯似乎不大适合拿来当作监视站,我唯一可以好好躲起来的方式,就是把我的头跟背紧靠着路灯保持不动。如此一来我除了艾丽西亚家对面的房子以外,啥都看不到。我到底在干什么? 现在是上午十一点,艾丽西亚可能人在学校。就算她不在学校,也身在一栋我看不见的房子里。如果她从那栋我看不见的房子里走出来,那我还是看不到她。这时兔子腋下夹着滑板经过。我试着躲他,但是他看到我了,这让我躲起来的动作看来更蠢。

“我们在躲谁啊?”他说。

“哦,嗨,兔子。”

他把滑板当啷一声丢在树下。

“你需要帮助吗?”

“帮助?”

"我没什么事情好做。我可以帮你。我该跟你一起躲吗？还是找其他地方躲？"

"找其他地方好了，"我说，"街灯后面不够躲两个人。"

"你说得对。不过我们为什么要躲？"

"我们不想让那栋屋子里的人看见我们。"

"哦，酷！那我们为什么不直接回家？这样他们就永远看不到我们。"

"你为什么不回家？"

"你不需要这样。不需要我的时候我感觉得出来。"

如果兔子感觉得出来何时不被需要，那他早该住到澳洲去了。但是我丢下怀孕的女友落跑，然后又没胆去敲她家的门，并不是兔子的错。

"对不起，兔子。我只是觉得应该自己完成这件事。"

"对，你说得对。反正我也不懂我们到底在干吗。"

接着他就走了。

兔子离开后，我改变我的策略。我移到街灯的另一边，就这样靠着它。所以我几乎是直接盯着他们家的客厅看，如果里面有人想跟我说话，他们可以直接走出来。但没有人出来。于是我第二阶段的任务告终，我想不出来第三阶段的任务是什么，所以我走回公车站牌。那天剩下的时间我都在看《法官朱迪》跟《成交不成交》，我把本来要拿去在黑斯廷斯展开新生活的钱买了一堆垃圾食物，拼命地猛吃。这就是回家的好处之一。只要我高兴，我可以把剩下的钱，在一天内全部拿来买薯片。

就在妈下班回来之前，除了轮流靠在街灯两侧之外，我还想到有其他的路可走。我可以去敲艾丽西亚家门，问她到底有没有怀孕，问

116

她感觉如何,还有她爸妈有什么反应。然后,我就可以进入人生的下一阶段了。

但我还不想这么做。当我进入未来,已经看过我下阶段的人生会是什么样子,我一点都不喜欢。如果我就这么坐在家里看电视,那下一阶段的人生就永远不会来临。

9

　　这方法真的奏效了，不过大概只维持了两天左右，那时我觉得自己力量无穷，竟然能让时间停止！一开始我非常小心翼翼：我不出门，不接电话，虽然说电话也很少响就是了。我跟妈说我在那家烂旅馆里不知道被什么虫咬了，而且咳嗽咳个不停，所以她让我请假不去上学。我在家里边吃吐司边乱逛 YouTube，还替 TH 设计了一款新 T 恤。自从我从未来回来之后，还没跟他说过话。我现在有点怕他。我怕一跟他说完话，又会像上次一样被送到未来去。

　　到了第三天有人敲门，我应了门。妈有时会在亚马逊网络书店买东西，因为平常没人在家，所以我们都趁星期六跑一趟邮局，我心想，这次可以省下一趟路了。

　　但门口站的不是邮差，是艾丽西亚。

　　"哈喽。"她说。然后她开始哭了，但我却什么都没做，我没跟她打招呼，没请她进屋里，也没碰她。我只想着海底的手机，感觉像手机里的短信全体一次向我袭来。

我终于回过神。我把她拉进屋里,坐在厨房餐桌前。我问她要不要喝杯茶,她点点头,然后继续哭。

"对不起。"我说。

"你恨我吗?"

"没有,"我说,"没有,绝对没有。我干吗恨你?"

"你去哪了?"

"黑斯廷斯。"

"你为什么不打电话给我?"

"我把手机丢进海里了。"

"你要知道验孕棒的结果吗?"

"我想我猜得到。"

即使都到了这般地步,即使她大白天跑来我家,而且在我面前哭泣,即使还有上百万个蛛丝马迹告诉我,即将听到的会是坏消息,当我开口的同时,还是开始心跳加速。因为还是有微乎其微的机会,她会对我说:"我赌你猜不到!"或是"没有,根本不是那样。"总之一切还没拍板定案。说不定她是为了分手而难过,或是她父母离婚了,或是她新男友对她很坏? 有可能是任何事情。

结果她只是点点头。

"你爸妈会很想杀了我吧?"

"天啊! 我还没告诉他们,"她说,"我希望你能跟我一起说。"

我不发一语。没错,我在黑斯廷斯待了一晚,但我人在黑斯廷斯的时候,这里什么都没发生。我之所以跑去黑斯廷斯,有一半原因就是希望可以不用亲自开口。我希望我妈会从艾丽西亚的父母那边得知这个消息,然后感到难过。但结果什么都没发生,她只是担心我不告而别,而且最后还原谅了我。我想回黑斯廷斯。我之前说过布赖

119

迪先生那份工作比有小孩还要更糟。但我错了,不可能更糟。有小孩这件事,可能会要了我妈跟艾丽西亚的父母,还有我跟艾丽西亚的命,可是在布赖迪先生的床底下,不管摸到什么东西都不可能造成这么大的伤害。

"你打算怎么做?"我说。

她沉默了一会儿。

"可以帮我一个忙吗?"她说,"我们谈这件事的时候,你可以说'我们'吗?"

我不懂她的意思,于是我做了个表情告诉她我不懂。

"你说,你打算怎么做? 你应该说,我们打算怎么做?"

"哦,对。抱歉。"

"因为……嗯,我想过这件事。就算分手,还是你的孩子吧?"

"既然你这么说,那就是吧。"

我看过的每部电影或电视节目,男生在这种情况下几乎都会这么说。我没别的意思,真的。我只是把该说的台词说出来。

"我就知道你会这样!"她说。

"哪样?"

"我知道你想撇得一干二净。男生都这样。"

"男生都这样? 那你经历过多少次这种情形?"

"去你妈的给我死一边去!"

"去你妈的给我死一边去!"我用很蠢的声音模仿她。

热水开了。我慢条斯理地把马克杯拿出来,放进茶包、倒入牛奶,然后再把茶包丢掉。

在我继续这段谈话前,我得先停下来告诉你:我现在十八岁了。对话发生的当时我只有十六岁。不过是两年前的事,感觉却像是隔了十年之久。并不只是因为在那之后发生了很多事情,也因为那个下午跟艾丽西亚说话的男孩……他其实不是十六岁。跟现在正跟你讲话的人比起来,他不止小两岁。现在回想起来,甚至当下感觉起来,那个男孩顶多八九岁。他觉得不舒服,他想要哭。每当他试着开口,他的声音都会忍不住颤抖。他想要找妈妈,但又不想让妈妈知道发生了什么事。

"对不起。"我说。艾丽西亚本来已经不哭了,但现在又继续哭,所以我得说些话安抚她。

"这不是一个好的开始,不是吗?"

我摇摇头,但是"开始"这两个字只会让我觉得更糟。她当然没说错,这是个开始,只是我希望这件事根本不要开始。我希望我们已经来到最糟的部分,已经来到了结尾,可惜事情不如我所愿。

"我要把孩子留下来。"她说。

其实我也猜得到,因为我在未来待了一天一夜,所以很难装出意外的样子。老实说,我根本忘了还有其他选择。

"哦,"我说,"我以为这是'我们'的事情?"

"什么意思?"

"你刚跟我说,我应该说我们打算怎么做。现在你却告诉我你决定要怎么做。"

"情况不同吧?"

"为什么?"

"因为婴儿还在肚子里,就是我的身体。他出生之后,就是我们的孩子。"

她说的话有点怪,但我说不上来是哪里不对劲。

"我们要怎么处理这个婴儿?"

"怎么处理这个婴儿？照顾他啊！不然咧？"

"但是……"

我想比我聪明的人可能会提出一些不合理的地方，但是当下我的脑袋一片空白。那是艾丽西亚的身体，而她想要那个孩子。然后，等我们有了孩子，我们得照顾他。这看起来没什么讨论空间。

"你要什么时候告诉你爸妈？"

"我们。我们要什么时候去告诉我爸妈？"

我们。当艾丽西亚告诉她爸妈一件会让他们想杀了我的事情时，我得坐在一旁。或许坐在一旁的是她，是由我来告诉她爸妈这件会让他们想杀了我的事。我跑去黑斯廷斯时，也知道事情不妙。我只是没想到会这么糟。

"好。我们。"

"有些女生会瞒着父母很久。直到非说不可，"她说，"我在网上读过很多文章。"

"听起来很合理。"我说。我又说错话了。

"你认为很合理？"她发出了嗤之以鼻的声音，"对你来说当然合理，因为你只想拖延时间。"

"我没有。"

"你今晚要做什么？"

"今晚不行。"我回答得不算太快，但也不会太慢。

"为什么？"

"我说……"（我说了什么？我说了什么？）"……我要陪……"（谁？谁？谁？）"……我妈去……"（哪里？哪里？妈的！）"……她有个跟工作相关的聚会。每个人都有伴，我妈总是一个人，所以很久之前我就跟她说……"

"好吧。那明晚呢?"

"明晚?"

"你刚才说不想拖时间,记得吗?"

哦,但其实我想拖时间。我真的很想。我想永远拖下去,但我知道不能这么说。

"好,明天晚上。"我说,光是这句话从我嘴里说出口的声音,都会让我不禁胃里一阵翻滚。我无法想象接下来二十四小时,我的五脏六腑会是什么感觉。

"说好了? 那下课后就直接过来吗?"

"下课后,我保证。"

明天晚上像是几百年之后的事情。说不定到时事情会有变化。

"你最近有跟别人约会吗?"艾丽西亚说。

"没有,绝对没有。"

"我也没有。这样事情应该会比较单纯吧?"

"我想是。"

"听着,"艾丽西亚说,"我知道你厌倦我了……"

"没有,不是。不是这样的。"我说,"是……"但我想不到要说什么,于是停住了。

"随便啦,"她说,"总之我觉得你人还可以。如果这件事一定要发生在某人身上,我很高兴这个人是你。"

"即使我落跑了你还是这么觉得?"

"我不知道你落跑,只知道你没去学校。"

"我没办法面对这件事。"我说。

"对,我也没办法。到现在还是没办法。"

我们喝了茶,试着聊其他话题,然后艾丽西亚就回家了。她走后，我在厨房的水槽吐了。我想我早餐吃太多了。虽然我没跟TH说话，突然间却听到他的声音。"我坐在马桶上，无力地把垃圾桶抱在胸前，接着我胃里的东西从我的鼻子跟嘴巴同时喷出来。"他说。这个时候我竟然还会想到这些，很好笑吧？

我很怀念跟TH聊天的感觉，但目前发生的事情已经够糟了，我真的不想再知道未来可能还会发生什么。我又读了一遍TH的书。虽然我已经读过上千遍了，但有些内容还是忘记了。好比说，我忘了他是如何向艾琳求婚的，只记得故事跟土狼还有手电筒有关。也许我不是真的忘记，是因为过去我从不觉得这些内容有趣。对过去的我来说，这些故事没什么意义。我十四五岁的时候，他的第一段婚姻在我看来还算可以，偶尔你总会碰到想娶的人。好比说，刚开始跟艾丽西亚约会的头几个礼拜，我很确定我想跟艾丽西亚结婚。总之在那个年纪，你不会想到第二段婚姻这么远的事。只不过就现在的我看来，我的第一段婚姻还没真正开始就已经结束了，而且还有了孩子，这实在是一团混乱。所以读TH跟艾琳的故事对我有点帮助，虽然TH跟辛迪结过婚还生了莱利，但最后他跟艾琳还是克服了一切，共创未来。就算我能熬过这团混乱，也百分之百确定，未来绝对不会再婚。也许有除了结婚以外的事情可以期待，像艾琳一样令人期待。只不过绝对不是艾琳本人就是了，也不会是其他女人或女孩。

这就是为什么《霍克——职业：滑板选手》是一本杰作。不论何时翻阅，总能找到一些有帮助的内容。

当妈下班回来后，她说我们要直接出门，某个议会的人帮她联络了一位家庭心理师，因为是朋友的朋友，所以我们可以插队，但六点半得过去。

"那晚餐怎么办？"我说。这是我唯一想到的借口，但想也知道，这无法构成不去的理由。

"之后再去吃咖喱。我们三个人可以边吃饭边谈。"

"三个人？你怎么知道我们会跟心理师谈得来？"

"我不是说心理师，你这小笨蛋。我是说你爸。我说服他开车过来。就连他都看得出来你逃家这件事很严重。"

好吧，这肯定是场灾难，对吧？我们全家要一起去找人谈一些根本不存在的问题。但真正存在的，他们却一无所知，也无从发现。如果你还有心情笑，这其实蛮有趣的。

这位女士叫做康思薇拉，光这个名字就可以让我爸从第一分钟就不爽。我不确定爸算不算是种族主义者，因为我从没听他批评黑人或是亚洲人。但是他几乎讨厌每一个欧洲来的人。他讨厌法国人、西班牙人、葡萄牙人、意大利人……不知道为什么，他讨厌所有来自度假胜地的人。他总说不是他先开始，是他们先讨厌他，但是我跟他出去度过一两次假，这绝对不是真的。每次一下飞机，他就开始生闷气。我们都试着劝他，但从没成功过。反正那是他的损失。去年他去了一趟保加利亚，情况也没好转。事实是，他讨厌出国，所以黑人住在非洲或是其他遥远的地方是件好事，否则他就真的是个不折不扣的种族主义者了，如此一来我们就得跟他断绝来往。

我们不能假装康思薇拉不是西班牙人，因为她有西班牙腔。一听到她的西班牙腔英文，你就可以看见我爸几乎气到耳朵都要冒烟了。

"那么，"她说，"山姆，你离开家走，我说对了吗？"

"是离家出走。"我爸说。

"谢谢你，"康思薇拉说，"我偶尔还是会说错。我来自马德里。"

125

"真意外啊!"爸讽刺地说。

"谢谢你。"康思薇拉说。

"那么,"她说,"山姆,你可以解释为什么要跑掉吗?"

"嗯,"我说,"我跟妈说过了。学校让我压力很大,然后我,我不知道,我开始觉得爸妈分手这件事让我很难过。"

"他们什么时候分手的?"

"大概十年前而已,"爸说,"还不算太久。"

"很好,继续啊,"妈说,"开这种小玩笑对事情很有帮助。"

"我们离婚这件事他早就不在意了,"爸说,"他会跑去黑斯廷斯不是因为我们。一定有什么事没跟我们说。偷东西或嗑药之类的。"

爸说对了,但说话的方式很惹人厌。他之所以会认定我在说谎,只因他是一个凡事往坏处想的坏脾气混蛋。

"所以你认为是怎么回事呢,大卫?"康思薇拉说。

"我不知道。你问他。"

"我在问你。"

"问我有什么用?我不知道他最近在干吗。"

"我会问你是因为,这段讨论要让每个人都有机会表达自己的想法。"康思薇拉说。

"哦,我懂了。"爸说,"看来我们已经做出结论了,反正一切都是我的错。"

"康思薇拉什么时候这样说了?"妈说,"你看到没?他就是这副德性,不能好好地谈。难怪山姆会想逃。"

"所以是我的错!"爸说。

"我可以说话吗?"我说,"如果可以的话?"

每个人都闭上嘴,一脸愧疚的样子。这场辅导的主题应该是关于我才对,可是没人注意到我。我唯一的困扰是不知道要说些什么。唯一值得一提的是艾丽西亚怀孕了,但现在不是说这件事的好地点、好时机。

　　"算了,"我说,"有什么用呢?"然后我双手交叉低头看着鞋子,像是不打算再讲话了。

　　"这是你的感觉吗?"康思薇拉说,"不管说什么都没用?"

　　"对。"我说。

　　"他在家从来不会有这种感觉,"妈说,"只有在这儿。"

　　"话说回来,过去你也不知道离婚会让山姆有这些感觉。也许他在家说的话,没有你想象中那么多。"

　　"为什么西班牙人可以在议会工作?"我爸说。如果爸仔细听她说话,而不是一直挑她语病,其实有机会反将妈一军。因为康思薇拉刚指出妈似乎不大了解我,但我爸就是这副德行。有时我会想,如果我跟他一起搬到巴纳区住,我的人生会变成什么样子? 最后我会变得跟他一样讨厌西班牙人? 我猜我可能不会是玩板选手,因为他住的地方没那么多水泥地。他也不喜欢我一天到晚画画,所以我的人生可能比现在更糟。但话说回来,如此一来我就不会遇见艾丽西亚了。没遇见艾丽西亚是好事。没遇见艾丽西亚比任何事都来得重要。

　　"我是西班牙人这件事很困扰你吗?"

　　"没有,没有,"我爸说,"我只是好奇。"

　　"我很久以前嫁给一个英国人,住在这里很多很多年了。"

　　爸趁康思薇拉没注意的时候对我做了个鬼脸,我差点笑出来。那真是个很棒的表情,因为那表情写着:"那为什么她的英文还这么烂?"这表情可不好做。

"听起来山姆有很多问题。请先让我们在有限的时间内好好谈谈这些问题。"

很多,很多问题。

"山姆,你提到学校也是个问题。"

"对。"

"你能谈谈吗?"

"不太行。"然后我又盯着我的鞋子看。看起来要浪费这一小时比我想象中容易多了。

辅导结束后,我们三个去外面边吃饭边继续聊。我们去吃咖喱,当他们送上印度脆饼后,我妈又开始了。

"你觉得这样有用吗?"

"有用。"我说。是真的,算是有用吧。如果我真的有学校或是关于爸妈离婚的困扰,那里绝对是谈这些问题的好地方。但问题是,我没有这些困扰,不能怪康思薇拉或是任何人。

"你跟艾丽西亚到底是什么状况?"妈说。

"谁是艾丽西亚?"我爸说。

"山姆约会的对象。艾丽西亚应该是你第一个认真的女朋友。没错吧?"

"应该没错。"

"但现在分手了?"爸问我。

"对。"

"为什么?"

"不知道。就……"

“时间点有关系吗?”妈说。

“什么时间?”

“你跟艾丽西亚分手,然后跑去黑斯廷斯。”

“才没有。”

“真的吗?”

“嗯,你知道的。”

“啊!终于!”我爸说。他又有机会反击我妈。“你刚刚为什么不说?”

“他没说这件事跟离家有关。”

“他说了!他刚才说:‘嗯,你知道的’!这句话比其他话都来得重要!在山姆的语言里,他刚刚的意思是,那个女孩把我搞得很惨,我无法面对,所以我要落跑。”

“你是这个意思吗?”我妈问,“在你的语言里,所谓‘嗯,你知道的’真的是这个意思?”

“我想是吧。”

我不觉得我在说谎。至少我们谈到了重要关系人,而不是谈学校或是他们离婚,这类无关紧要的事。我松了一口气,而且艾丽西亚的确把我搞惨了。我也真的无法面对。

“跑掉对你来说有什么好处?”我爸说,这问题其实问得很不错。

“我不想再住在伦敦。”

“所以你打算永远搬去黑斯廷斯?”我妈说。

“嗯,也不是。因为我还是回来了。但是,没错,我本来以为我不会再回来的。”

“你不能每次有人甩了你就要离开一个城镇,”我爸说,“你这辈子会被甩很多次,这样一来你得到处流浪。”

129

"我觉得很内疚,因为是我介绍他们认识的,"妈说,"我没想到会造成这么多问题。"

"不过搬去黑斯廷斯?"爸说,"这对你有什么好处?"

"去了那边就不会再看到她。"

"所以她是本地人?"

"不然你以为她打哪来？纽约吗？小孩子有谁不是跟本地人约会?"妈说。

"我还是不了解你这么做的用意,"我爸说,"如果你是把她的肚子搞大然后跑掉,我就能理解。但是……"

"哦,真棒啊!"妈说,"这样可以教导他什么是责任感,不是吗?"

"我没说这样做是对的,我有吗？我只是说我能理解。那至少是个合理的解释。"

他又说对了。这会是个解释。也许是最好的解释。

"人们心碎的时候会做出奇怪的事情。不过我想你不会了解的。"

"哦,又来了。"

"我们分手时你可没有为了心碎而痛苦,我有说错吗？除了去你女友那,你哪儿都没去。"

他们又再度离题了。

有时候,听我爸妈讲话就像是奥运会在体育场的观众席看选手跑一万米。他们一圈接一圈地跑,每一圈都有一小段路经过你面前,你离他们非常近。但他们一转弯又消失了。当爸提到把艾丽西亚肚子搞大,感觉像是他跳上观众席向我直扑而来,只不过现在他又分心回到比赛去了。

隔天我回学校上课，我没跟任何人说话，也什么都没在听，一整天都没拿起笔。我就坐在那里，好多事情在我脑里胃里不停地翻转。我想的事情有：

1. 我要回黑斯廷斯。

2. 既然去黑斯廷斯结果什么都没改变，这一次我可以去别的地方，任何一个滨海的城镇。

3. 孩子要取什么名字好？（我想了一大堆名字，例如巴奇、山卓、卢内、皮尔路克。基本上我只是把一些很酷的玩板选手名字在脑中想了一遍。）有一件事情我很确定，是我从未来学到的：鲁夫是个很烂的名字。没有任何事能改变我的想法。你记得《终结者》①吗？他们试着保护一个还没出生的孩子，因为他将会拯救全世界。嗯，我的任务则是阻止我还没出生的孩子被取名为鲁夫。

4. 艾丽西亚她爸妈会不会真的攻击我？我是指生理上的攻击？这又不是我一个人的错。

5. 我妈。其实我没有太多的问题或是想法。我只是一直在想，当我告诉她的那一刻她会是什么表情。昨晚妈提到她心碎的故事时，我很难过，因为我知道我也将让她心碎。这表示全家每个人都伤了她的心。

6. 既然我是爸爸，那表示我得全程观看孩子出生的过程吗？我不想去。我在电视上看过生产的过程，非常恐怖。艾丽西亚也会发出那些声音吗？我可以要她别叫吗？

7. 我怎么赚钱？我们的父母会帮忙负担一切费用吗？

---

① *The Terminator*，1984 年上映的美国科幻电影，由詹姆斯·卡梅隆执导，阿诺德·施瓦辛格主演。

8. 我看见的那个未来是真的未来吗？我真的要跟艾丽西亚一起住在她爸妈家吗？我要跟她同睡一张床吗？

这些问题我毫无头绪，但又不能不去想。它们就这样留在我的脑袋里。我好像那些在露天游乐场工作的人——从一个茶杯跳进另一个，然后不停地转动茶杯让乘客（也就是我）害怕。不停地转着。午餐时间，我跟班上某个人去卖炸鱼薯条的店，但我什么都没吃。我吃不下。我觉得我这辈子都不会有胃口了。或许要等到皮埃尔·吕克出生，然后艾丽西亚停止鬼叫之后，才会有胃口。

那天下课后，我走出校门就看见艾丽西亚在马路对面等我。我对她不信任我感到很生气，但想到我曾经放她鸽子，所以也不能真的怪她。总之，她看到我很开心，对我笑了一下，让我想起当初想跟她约会的理由。不过这种感觉是好久以前的事情了。她看起来老了些，脸色也很苍白。

"哈喽。"她说。

"哈喽。你还好吗？"

"不大好，"她说，"整个早上吐个不停，我怕得要命。"

"那你想先去喝点东西吗？星巴克之类的？"

"我可能又会吐出来。我只能喝水。水没问题。"

你一定觉得她比我还惨。虽然我怕得要命，但她也是。我不能假装我比她还要恐惧。事实上，跟自己的妈妈开口，绝对比跟她爸妈说更让我害怕，因此等一下我们要做的事情，对她来说想必更糟。此外，她还会害喜。我想去星巴克点一杯上面覆满奶油的焦糖星冰乐，但我知道她喝下去可能很快就会吐出来。想到这里，我顿时打消了念头。

我们搭公车去她家，因为她家里没人，所以直接上楼进她的房间。她坐在扶手椅上，我照例坐在地上靠在她两腿间。自从上次进入未来后，我还没再进过她的房间。在未来里，她的房间跟现在不大一样。（如果要再精确一点，我应该说，未来她的房间将会跟现在不同，对吧？如果我这么说，表示我看到的未来就是真的未来，但我没有百分之百确定，所以我坚持不想用未来式。）总之，在未来里被撕下的《死亡幻觉》海报又出现了，不对，应该说它从没消失过，我很高兴能看到这张海报。

"你怎么知道他们下班后会直接回来？"我说。

"我要他们今天直接回家。他们知道我这阵子不大快乐，我跟他们说我想谈一谈。"

她放了一首悲伤、缓慢的歌，慢到我的手表几乎都要停止了。是一个女人唱着有人离开了她，而她却还记得关于他的每件事，例如他的味道，他的鞋子，还有把手伸入他的外套口袋里，会摸到些什么。听起来她似乎记性很好，而且这首歌好像永远唱不完。

"你喜欢这首歌吗？"她说，"我常听这首歌。"

"还可以。"我说，"有点太慢了。"

"慢歌本来就是要慢。"

然后我们又陷入沉默，我开始想象跟她还有婴儿一起住在这间房里，听着又慢又悲伤的音乐会是什么情形。不算太糟吧？应该还有比这更糟糕的事情。况且我不会永远待在这，对吧？

我们听到楼下传来关门声，我站起身。

"我们先待在这，等他们俩都回来了再说，"艾丽西亚说，"否则我妈会要我先说，然后等我爸回来我们又得再说一次。"

我的心简直要跳出来了，如果把 T 恤掀开，可能会看到我的胸部在动,就好像有个小人困在里面。

"你在干吗?"艾丽西亚说。

我发现我正低头看着我的 T 恤,看看有没有小人真的困在里面。我已经搞不清楚自己在做什么了。

"没什么。"我说。

"要开口跟他们说是很困难的事情。"她说得好像我低头看 T 恤会让这一切难上加难。

"我们跟他们说的时候,我保证不会低头看 T 恤。"我说。她笑了。我很高兴能听到她的笑声。

"艾丽西亚?"她妈在喊她。

"别理她。"艾丽西亚低声说道,她以为我正准备要开门应声。

"艾丽西亚,你在楼上吗?"

"她跟某个人半小时前就回来了。"她爸大喊。原来她爸一直都在家,他刚刚可能在洗澡或是在卧房内看书之类的。

艾丽西亚走出房间,我跟在后头。

"我们在这。"她说。

"我们是谁?"她妈愉悦地说。但当她看到我们下楼,脸色一变:"哦,山姆,哈喽。"

我们坐在餐桌前。他们手忙脚乱地准备茶、牛奶、糖,还有饼干什么的,我开始怀疑他们是不是已经猜到了,所以这些准备动作不过是想拖延时间,好让他们原来的生活维持得久一点。就跟我把手机丢进海里是一样的道理。如果有人要跟你说一些你不想听的话,那当然拖愈久愈好。这不难猜到,真的。我们两个还有什么好说的?我们前一阵子才分手,所以不可能是要告诉他们我们要结婚了。艾丽西亚最近哪也没去,也不可能是要说我们其实跑去某个地方秘密结婚了。还有什么能说的呢?

"你们要说什么?"艾丽西亚她爸说。

艾丽西亚看着我。我清了清喉咙。全场一片安静。

"我要有小孩了。"我说。

我想你们应该看得出来我不是故意开玩笑。我只是不小心说错话。因为艾丽西亚不停地跟我强调,从现在开始要改口说"我们"。我把这件事看得太认真了。我知道这孩子不只是她的,但我过头了,所以不小心把孩子说成好像是我一个人的。

不管原因是什么,总之这个开场糟到不能再糟。我听到艾丽西亚差点笑出来。我是因为紧张不小心说了蠢话,艾丽西亚也是紧张才差点笑出来,可是她爸没注意到我们紧张,他就这样开始发飙了。

"你们觉得这一切很有趣吗?"他大喊。我就知道他们早猜到了。电影里面,当人们听到坏消息的时候,通常会沉默,要不然就是不停地重复最后一句话,好比说,"有小孩了?"我想在现实生活里应该也是这样。但他没有这么做,他只是开始咆哮。但艾丽西亚的妈妈没有咆哮,她开始哭泣,然后突然双手抱头趴在桌上。

"我们要留住这孩子,"艾丽西亚说,"我不打算拿掉。"

"别傻了,"她爸说,"你这年纪哪能照顾小孩。你们两个都不行。"

"很多我这年纪的女孩都可以。"艾丽西亚说。

"但你例外。"她爸说,"她们的头脑比你清楚多了。"

"你恨我们吗?"她妈突然说,"所以才这么做?"

"妈,你知道我不恨你们。"艾丽西亚说。

"我是在跟他说话,"她妈说。然后我一脸困惑地看着她,她说:"对,我在说你。"

我只是摇摇头。我不知道还能做什么。

"这么一来就可以绑住她了，是吧？"

我真的不知道她在说什么。

"什么意思？"我说。

"什么意思。"她说，用一种很蠢的声音重复我的话，我想她是要说我很白痴。

"他跟这件事没关系，"艾丽西亚说。然后在她父母开口之前，她又说："好吧，是有一点关系。不过是我决定要留住孩子的。我看得出来山姆不想。还有，他没有要绑住我。他根本不想跟我在一起。"

"怎么发生的？"她妈说，"我知道你们有性行为，但没想到你们笨到没有避孕。"

"我们有避孕。"艾丽西亚说。

"那怎么还会发生？"

"不知道。"

我知道，但现在不想谈那件发生一半的事。况且现在说这些都太迟了。

"你为什么会想留住小孩？你连一条金鱼都照顾不好。"

"那是很久以前的事了。"

"对，三年前。那时你还是小孩子，但现在也还是。天啊！我不敢相信我们竟然在谈这件事。"

"金鱼怎么了？"我说。但没有人理我。这问题很蠢。她的金鱼下场跟我的金鱼应该差不多，我想大家的金鱼下场应该都差不多。你不可能拿去卖掉或是找人收养吧？它们最后全都会被冲进马桶里。

"山姆，那你妈呢？她有什么想法？"

"她还不知道。"

"好。那我们现在就去跟她谈。现在就走,我们所有人一起去。"

"妈,这不公平。"艾丽西亚说。

我也觉得这不公平,但想不出来哪不公平。

"为什么不公平?"她妈妈说。她又用那种听起来很蠢的声音,我想这次她是想表示艾丽西亚是个爱发牢骚的小女孩。

"既然我们是私下告诉你们,也应该私下告诉她。"

"我可以问你一些问题吗,山姆?"艾丽西亚她爸说。他好一阵子没开口了。

"好,当然可以。"

"我记得在派对上看过你妈。她很漂亮,没错吧?"

"我不知道。大概是吧。"

"年轻又漂亮。"

"对。"

"她几岁?"

"她……嗯,她三十二岁。"

"三十二岁。所以她生你的时候只有十六岁。"

我不发一语。

"我的老天爷啊!"他说,"你们这些人都没学到教训吗?"

最后他们还是跟我们来了。他们的情绪已经平静下来,艾丽西亚她妈妈为了她爸说的话骂了他,他也向我道了歉。但我知道我不会忘记他说的话。"你们这些人。"我们是哪些人?十六岁就生孩子的人吗?那他们又是哪些人?是我提议要大家一起过去的。因为我很害怕。我不是害怕我妈会对我做出什么,我只是担心她会非

137

常难过。所有她害怕的事情的排行榜里,这件事可能排名第一。如果她担心我会吸毒,结果看到我身上插着注射器,可能都比这件事来得好一点。至少她可以把注射器拔出来。如果她担心我被人砍头,结果最后看见我的头夹在我的手里。那至少我已经死了。如果我们四个人一起出现在门口,她至少会克制一下情绪,至少克制到他们都走了为止。唉,不管什么问题,我想到的解决办法都只是暂时性的,但我就只能想到这些。如果我去黑斯廷斯,可以把事情延后一天。如果艾丽西亚的爸妈跟我一起去我家,告诉我妈我让他们的女儿怀孕,至少一小时内情况还不会太糟。我无法想象未来,所以我能做的只有试着让事情在接下来的二十分钟左右不要恶化。

因为我跟妈说我下课后要出去,所以我不知道她会不会在家。我跟她说我要跟一个朋友吃饭,大概八点回家。如果我放学后没有马上回家,有时她会跟同事去喝一杯,或去朋友家喝杯茶。我警告过艾丽西亚的爸妈我妈可能不在家,但他们说这件事非同小可,如果她不在家他们就进屋里等。

到家后我没有直接拿钥匙开门,我先按了门铃。艾丽西亚的爸妈要来,我应该先警告妈一声才对。总之一开始没人应门,但是当我正拿出钥匙的时候,妈穿着浴袍来开门。

她马上知道事情不妙了。我想她可能也知道是怎么回事。艾丽西亚、她妈、她爸,加上我,四张不开心的脸……她顶多猜两次就会猜中,因为不是跟性就是跟毒品有关,对吧?

"哦,嗨。我刚刚在……"

但她想不起来刚刚在干吗,我认为这是个坏征兆。我突然有点担心她为什么穿着浴袍。如果她是在洗澡,为什么不直说就好?洗澡没什么好丢脸的,对吧?

"总之先请进。你们坐一下。我先去换件衣服。山姆,煮点热水。还是你们要喝点酒? 我想我们有开过的酒。我们很少喝酒的,不过……我们好像还有啤酒,我们还有啤酒吗,山姆?"

她开始语无伦次。她也想把事情往后延。

"我想我们不需要喝什么,谢谢你,安妮。"艾丽西亚的妈妈说,"在你去穿衣服之前,可以拜托你让我们先说件事情吗?"

"我想……"

"艾丽西亚怀孕了。当然是山姆的孩子。她想留住孩子。"

我妈什么都没说。她只是一直看着我,她的脸纠结成一团,像是一张被揉过的纸。到处都是新的折痕。你知道纸一旦被揉过,不论多努力摊平还是看得出来。嗯,虽然说她现在是因为难过脸才会纠结,但你看得出来,就算她再度开心起来,那些皱褶永远不会消失。此外,她的哭声也很可怕。如果有一天她发现我死了,虽然我没机会看到她的反应,但可以想象大概差不多就是那种哭声。

她站在那里哭了一会儿,然后马克,她的新男友来客厅看看发生了什么事。马克的出现解释了妈为什么穿着浴袍。你不需要超能力也能看得出来艾丽西亚的爸妈在想什么。他们的想法很容易猜,因为全写在脸上跟眼神里。虽艾丽西亚的爸爸没开口,只是默默看着,但我似乎可以听到他对我说:"你们这些人。"你们这些人。你们除了上床还会做其他事情吗? 我想杀了妈,正好,因为她刚好也想杀了我。

"所有的事情,山姆,"感觉过了几世纪之后,妈终于开口了,"所有你能做的事情。所有你能伤害我的方式。"

"我没有想过要伤害你,"我说,"真的。我并不想让艾丽西亚怀孕。这是我最不想做的一件事情。"

"不让别人怀孕很简单。"妈说,"就是不要跟她们上床。"

我无话可说。毕竟我妈说得没错。但她的意思像是在说,除非我要让对方怀孕,否则我不能跟别人上床。这么说来我这辈子只能上床两三次,如果我不想要小孩的话甚至连两三次都没有,但这些都不重要了。不管我喜不喜欢,我已经有了一个小孩,除非艾丽西亚怀的是双胞胎。

"我要当奶奶了。"妈说,"我比詹妮弗·安妮斯顿小四岁,然后我要当奶奶了。我跟卡梅隆·迪亚兹同年,而我竟然要当奶奶了。"

卡梅隆·迪亚兹是她新查到的,我没听她提过。

"没错。"艾丽西亚她爸说,"这件事造成了许多不幸。但此刻我们更关心的是艾丽西亚的未来。"

"你不关心山姆的未来吗?"我妈说,"山姆也曾经有过未来。"

我看着她。我有吗?我有未来?那我的未来到哪去了?我希望她告诉我一切都会没事。我想要她告诉我既然她都走过来了,我也可以的。但她没这么说。她只告诉我,我不再有未来。

"我们当然也关心。但因为艾丽西亚是我们的女儿,所以我们更担心她。"

这在我听来挺公平的。刚刚妈也不是为了艾丽西亚而号啕大哭。

"艾丽西亚,亲爱的,"我妈说,"你才刚发现,是吗?"

艾丽西亚点点头。

"所以你还没搞清楚自己真正的想法吧?你不可能现在就弄清楚想不想要这个孩子。"

"哦,我很清楚,"艾丽西亚说,"我不会杀死我的小孩。"

"你没有杀死一个小孩。你没……"

"我上网研究过了。那是一个生命。"

艾丽西亚的妈妈叹了口气。

"我还在纳闷你是从哪看来的信息。"她说,"听着,那些在网上张贴堕胎文章的人,都是虔诚的基督徒,而且……"

"不管他们是谁,事实就是事实。"艾丽西亚说。

整段对话一团乱。卡梅隆·迪亚兹、基督徒……我不想听这些东西,但也不知道我想听到什么。有什么好事可听吗?

"我想我先离开好了。"马克说。大家都忘记了他的存在,我们一脸迷惑地看着他,好像不大确定他是谁。

"我是说回家。"马克说。

"好,"妈说,"当然好。"她敷衍地对马克挥挥手,但他没穿鞋子,只好走回妈的房间。

"所以,我们的讨论有什么进展吗?"

结果除了马克又走回来跟大家说再见之外,没人说一句话。我真的不懂为什么他们会认为只要讨论,事情就能有所进展? 艾丽西亚怀孕了,她想生下来。如果这是事实,就算讨论到脸色发青事情也不会改变。

"我要跟我儿子私下谈谈。"我妈说。

"你们没有什么隐私了。"艾丽西亚她爸说,"你要跟你儿子说的每一句话都跟我们有关。我们现在是一家人了。"

我其实可以先警告他不该这么说的。不过来不及了,我妈发飙了。

"很抱歉,只要我高兴,我爱跟我儿子私下谈多久就谈多久。而且我们不是一家人。现在不是,以后也不一定是。总之山姆会负起责任,我也会,但如果你认为这表示你可以跑来我家,要求听我跟我儿子的私人对话,那你就大错特错了!"

艾丽西亚她爸还想回嘴,但艾丽西亚出声了。

"你可能不相信,"她说,"我爸平常很聪明,不像现在这样。爸,如果你以后还想私下跟我谈话,不让山姆跟他妈妈在旁边听,那你最好现在就闭嘴。我是认真的。"

艾丽西亚的爸爸看着她,然后勉强笑了一下,然后我妈也笑了,今天这场讨论终于结束了。

他们走了以后,我妈说的第一件事情是:"你认为我们只是运气不好? 还是真的很笨?"

我会出生,是因为我爸妈没有避孕。所以我其实想说,你们是笨,而我则是运气不好,但我想最好别这么说。总之,我也不知道我到底笨不笨。也许我真的很笨。安全套的包装应该要注明,**警告!你的智商必须高达十亿,才有能力正确地戴上这玩意儿**!

"我想都有吧。"我说。

"这不见得会毁了你的人生。"她说。

"我不就毁了你的人生。"我说。

"那只是暂时的。"她说。

"对。等我到了你现在这把年纪,一切就会没事了。"我说,"妈的!"

"所以这么说来,我的宝贝也要有他自己的宝贝了。"她说,"而且等我四十八岁的时候,就变成曾祖母了。"

我们彼此互开玩笑,但不是真的很开心。我们都望着天花板,试着别让眼泪掉下来。

"你觉得艾丽西亚有可能改变主意吗?"

"我不知道,"我说,"我想不会。"

"你不能中断学业。"她说。

"我也不想。反正孩子十一月左右才会出生。至少我可以念完中学。"

"然后呢?"

"我不知道。"

我并不常思考未来要做些什么。我想过要念大学,大概就这样而已。就我所知,艾丽西亚也从没想过未来。也许那是她的秘密也说不定。也许有人一切都很顺利……也许他们没有怀孕,或没有让别人怀孕。也许爸妈、艾丽西亚,还有我,没有真的很期待未来。如果托尼·布莱尔在我这个年纪就知道将来想当首相,那我敢打赌他会很小心地使用安全套。

"所以你爸说对了?"

"对。"我说。我知道妈在说什么,她指的是康思薇拉那件事。

"这就是你为什么跑去黑斯廷斯?"

"对。我打算搬去那边永远不回来。"

"不过还好,最后你做了正确的决定。"

"我想是吧。"

"你要我帮你告诉他吗?"

"你说爸? 你愿意吗?"

"对,但你欠我一次。"

"好。"

我不介意欠她一次。我欠她的已经一辈子都还不完了,所以多记上一笔又何妨,况且她可能根本不会记得。

143

10

接下来的几个礼拜发生了一些事。

我妈告诉我爸这件事,然后他笑了。是真的笑了。好吧,这不是他的第一个反应。爸先是骂了我几句,但看得出来他之所以骂我,是因为他得做做样子。然后他就笑了,他说:"妈的!我的孙子竟然可以看到我踢星期天联盟。你有想过这件事吗?"我本来要说,对啊,这也是我跟艾丽西亚第一件想到的事。但我想到现在是在跟我爸说话,他很有可能把玩笑当真。"从现在开始我真的要好好照顾身体了,"他说,"他不只看我踢,还可以跟我一起踢。我们队上有两个球员都五十岁了,还有一个很棒的守门员才十五岁。如果你的孩子争气点,可以跟我一起踢球。等他十五岁的时候,我不过也才四十九岁。但他可能得先搬来巴纳区,想喝酒的话我只能带他去连锁酒吧就是了。"这些话听起来真的很蠢,不过总比被他痛骂来得好。我爸还对我说,如果我们需要帮忙,他一定会伸出援手。

学校里也传开了。有一天我去厕所,有个小鬼跑来问我这是不是真的,我只做了个很白痴的表情,一边想该怎么回答,接着我说:"我不知道。"结果他说:"嗯,那你最好去问清楚,因为艾丽西亚是这么跟别人说的。我同学跟她学校里的一个同学约会,那里每个人都知道这件事。"我问艾丽西亚有没有跑去跟别人说,她说她只跟一个人提过,而且那个人保证会当作没听见。没想到这个人知道后,所有人都知道了。我回家告诉妈,她打电话给学校,于是我们得去学校跟他们讨论这件事。如果要我用一个形容词来描述校长跟老师们的反应,那会是"有趣",或是"刺激"。没有人骂我。可能他们觉得那不是他们的责任。总之,原来学校刚引进了一套青少年怀孕的处理流程,但是还没机会采用,所以他们挺高兴终于能派上用场。他们的处理方式是,如果我愿意的话,还是可以继续上学,也问我们有没有经济上的困难。接着要我填一张表格,告诉他们我满不满意这样的处理方式。

我跟艾丽西亚去医院做 B 超,就是可以透过机器看到婴儿的那种扫描,幸运的话,做完 B 超他们通常会跟你说一切正常。结果一切都正常,还问我们想不想知道孩子的性别,我说不要,但艾丽西亚说要,于是我改口说都可以,我真的不介意。他们告诉我们是个男孩。我一点都不惊讶。

从医院回家的路上,艾丽西亚跟我接吻了。

我想最后一件事应该是头条新闻,真的。当然从某个角度看来,你可以说每件事都值得登上头条。若一年前告诉我,假设我把谁的肚子搞大了,学校老师竟然不会觉得很困扰,我也会觉得这消息值得成为各时段的头条新闻。而且是那种不得不延长播报时间、顺延后续节目,好详细报导的那种。主播会说:"现在节目顺延……"但对现在的我来说都不重要了。艾丽西亚跟我又接吻了,这倒很新鲜。或是说,再次让我觉得新鲜,有一阵子这对我来说一点也不新鲜。总之你懂我的意思。这是个新的发展,也是好的发展。毕竟你要跟某个人一起生小孩,彼此却连亲吻都没有,似乎不是很好。

总之,我跟艾丽西亚之间的关系开始有了改变。自从她在他们家帮我跟我妈说话后,我看得出来她不是一个想要摧毁我人生的邪恶女孩。在她叫她爸闭嘴之前,我从没这么想,但这个想法一定早就藏在我心底,就这样突然从黑暗中跳出来。我顿时恍然大悟,她其实不可怕!毕竟这件事我们都有责任!我该负的责任可能还比她多!(之后,有人告诉我有一种东西叫事后避孕药,如果担心性爱过程中有什么意外,例如安全套脱落什么的,可以请医生开药。如果我够坦白,就是某件事先发生一半,后来又发生一半的那个晚上,这一切都不会发生了。从这个角度看来,百分之一百五十是我的错,她可能只要负担百分之二十的责任。)况且她还是很正。艾丽西亚身体微恙的样子,让我想好好照顾她。而且由于这整件事的过程实在太戏剧化了,我也没办法想象要怎么和与这件事无关的人相处。

我们做完检查从医院出来的路上,艾丽西亚主动牵我的手,我很高兴。我也不是真的又爱上她还是怎样。只是这种感觉很怪,知道另一个人的身体里有了自己的孩子,这需要某种,我不知道,某种庆祝之类的。但行走在医院附近的街道上,没什么方法好庆祝,所以我们只好牵牵手来庆祝这特别的一刻。

"你最近还好吗?"她说。

"嗯,还可以,你呢?"

"很好。"

"那就好。"

"我这样做没关系吧?"

"什么?"

然后艾丽西亚捏了捏我的手,好让我知道她在说什么。

"哦,没关系。"

于是我也捏了捏她的手。我从没跟任何人复合过。每当我分手,就是永远分手,我不想再看到他们。学校里有一对情侣,老是在上演分手后复合的戏码,我从不懂他们在搞什么,但现在懂了。这种感觉就好像假期结束,还是得回家一样。但自从上次分手到现在,我没去哪度假就是了。我是去了一个滨海的城镇没错,但没在那里找到什么乐子。

"我想你之前厌倦我了,对不对?"她说。

"难道你不厌倦我吗?"

"嗯,有一点吧。我们太常腻在一起了,都没有跟其他人接触。我所谓的其他人不是说,你知道的,那种男女朋友的接触。我是指普通朋友。"

"啊,我知道了。不如我们就来生个小孩,你知道,这是个减少见面的好方法。"我说。

她笑了。

"我爸妈也有提到这点。他们想说服我堕胎的时候会说,等孩子生下来,若山姆想跟孩子保持联系,那你这辈子都必须看到他。我之前没想过这点。如果你是个好爸爸,那表示我这辈子都会看到你。"

"没错。"

"你对这件事有什么感觉?"

"我不知道。"话一说完,我突然知道了,"事实上,我挺喜欢的。我喜欢这个想法。"

"为什么?"

"我不知道。"就在我说出口后，又突然知道了。也许我不该说话的。我应该静静听完她的问题，然后等我回家再用短信或是电子邮件回答。"嗯。因为我以前从没那么仔细思考过未来。我很高兴现在对我的未来多了一点了解。虽然说我不确定有了孩子，所以才会一辈子都看到你，这算不算是件好事，但只要我们还是朋友……"

"你有想过我们也许不只是朋友吗?"就在这时，我停下来亲了艾丽西亚，她也亲了我。艾丽西亚哭了。

所以今天发生两件事，让我之前经历过的未来，可信度似乎更高了。一来我们发现她怀的是男孩，二来我们复合了。

我不笨。我知道我们要一直在一起的几率不高，真的。我们离长大成人还有好长的路要走。我妈跟我爸离婚的时候，她才二十五岁，意思是他们在一起将近十年才离婚。而我的恋情从没维持超过十个月，也许连十周都不到。感觉前方有一个大障碍在等着我们，好比说，婴儿。我们需要一点助力才能克服，也许复合就是我们的助力。就好像在路上碰到一座山丘，费尽千辛万苦爬上顶端之后，就可以从山的另一头一路顺坡滑至路面。我说过其实我不算笨吗? 哈! 但我没想到的是，其实山并没有另一面。一辈子都得努力往上爬，直到筋疲力尽为止。

那次之后我们常常见面。我们会在对方家里写功课，或是跟彼此的爸妈一起看电视，但从来没有跑去她房间做爱。虽然我们还是有上床，不过那时艾丽西亚并不想做。有时我会想过再也不要做爱，即便身体某部分蠢蠢欲动，大脑却不允许我这么做。做爱对当时的我来说是个坏消息。艾丽西亚说，一旦怀孕之后，这期间就不可能再怀孕，这就是为什么你不会比你的弟弟妹妹只大上三四个月。但她不是为了说服我跟她做爱才这么说，只是念一段书里的内

148

容给我听。艾丽西亚读了很多这类的书。

她想要更了解……嗯,更了解所有关于怀孕的事。我们什么都搞不清楚,所以艾丽西亚她妈妈安排我们去上英国生育联合会提供的课程。艾丽西亚的妈妈说她怀孕的时候曾去上过,非常有助益。他们会教你如何呼吸、要带什么去医院、如何分辨是否真的临盆之类的事情。

我们约在上课地点的外头碰面,位于海布里新公园那堆旧房子的其中一栋。艾丽西亚说我必须比她早到,因为她不想一个人站在外面,但因为我不知道她几点会出现,为了保险起见,我提早了四十五分钟到。我在外头玩新手机的俄罗斯方块,一直到人们陆续抵达,我开始观察这些人。

他们跟我们不同。他们都开车来,而且都比我妈老。至少看起来是这样。他们的穿着也没有帮外表加分。有些男的穿西装,我猜是下班后直接过来的,但那些穿着迷彩裤跟灯芯绒外套的人肯定就不是了。女生们大都穿着宽大的毛衣跟棉外套。很多人都有白头发。他们看着我,好像我是来贩毒或是抢劫似的。拜托,我自己有手机,在我眼里他们没啥好抢的。

"我才不要进去。"艾丽西亚抵达的时候,我这么跟她说。现在艾丽西亚很明显看得出来是孕妇了,行动也比以前迟缓很多。但还是比在场其他女生强。

"为什么?"

"这里感觉很像学校老师的办公室。"我说。

就在我说这句话的同时,我看见学校一位老师跟她先生一起出现。她没教过我,我也不确定她教什么。我很久没看到她了,应该是教语文之类的。但我认得她,她也认得我,我想她一定听过我的事,因为她一开始看起来很惊讶,但随后好像突然想起什么似的,表情又恢复了平静。

"哈喽,是迪安吗?"她说。

"不是。"我说。我没再多说什么。

"哦。"她说,然后就走进门。

"她是谁?"艾丽西亚说。

"学校的老师。"

"哦,天啊!"艾丽西亚说,"我们不一定要进去,可以去别的地方上课。"

"不,不用。"我说,"进去看看情况怎样再说。"

我们经过前门上楼,然后走进一间大房间,里面铺着地毯,还放了很多个懒骨头靠垫。虽然本来就没什么人在讲话,但我们出现的那一刻,全场还是突然静了下来。我们也没说什么。就坐在地板上,盯着墙壁。

过了一会儿,有个女人进来。她的个子很娇小,身材有点胖,头发非常浓密,看起来很像是一只穿上衣服的小狗。她立刻注意到我们。

"哈喽,"她说,"你跟谁来的?"

"她。"我说,然后指着艾丽西亚。

"哦,"她说,"抱歉,我以为你是来……总之,很棒。很高兴见到你。"

我脸红了,一句话都没说。我很想死。

"我们最好先彼此自我介绍一下,"她说,"我是特丽莎,你们可以叫我特丽。"然后她指着我,我含糊地说了"山姆"。我想别人可能只会听到一声"呃"或是"嗯"之类的吧。艾丽西亚是下一个被点到的。她故意模仿特丽莎，说起话来简直像在主持儿童节目似的。

"哈喽，大家好。我是艾丽西亚。"她的声音充满抑扬顿挫。不过没人笑。看来上这堂怀孕课之前，我们得先去上其他课程才行。例如我们得学一下在这种怀孕课当中该如何应对进退。我们都不曾有过这种坐在一间房间充满不认识的大人的经验。就连要走进去坐下来都觉得很尴尬。当大家都安静下来紧盯着你看的时候，到底该怎么做才好？

每个人介绍完自己的名字之后，特丽帮我们分组：男生一组，女生一组。或者说男人一组，女人一组，随便啦。我们拿到一张厚纸板，她告诉我们讨论的主题是当一个父亲会有什么样的感觉，然后有人得负责用马克笔写下我们讨论出来的答案。

"好。"一个穿西装的男人说，然后他把圆珠笔递给我，"你愿意担任这份工作吗？"

他可能只是想示好，但我不想接受。我拼写实在不大拿手，不想被他们嘲笑。

于是我摇摇头然后又看着墙壁。从我望过去的角度，刚好可以看见墙上贴了一张裸身的孕妇海报。所以我只好转个角度盯着墙壁的另一边看，否则他们会以为我是在看她的胸部，但我不是。

"所以关于当爸爸这件事，大家有什么看法吗？对了，我叫贾尔斯。"穿西装的男人这么说。我认出他了。他就是我在未来时，跟鲁夫出去散步遇到的那个男人。他穿上西装后看起来有点不同。我有点为他感到难过，因为现在的他看起来既兴奋又快乐。但依我在未来遇见他的情况判断，这一切都会搞砸。我往女生那组看去，猜谁是他老婆。有一个人看来似乎既紧张又神经质。她说起话来滔滔不绝，还会咬头发。我决定就是她了。

过了一会儿,以下这些字眼从这群男人中飞出来。

"满足感。"

"不能睡觉!"("哈哈。""太有道理了。")

"爱。"

"是一个挑战。"

"焦虑。"

"贫穷!"("哈哈。""太有道理了。")

"要专心。"

还有很多其他字眼。但他们说的我一句都听不懂。讨论结束后,贾尔斯把那张纸板交给特丽,她开始大声念出来,然后大家开始思考。那支圆珠笔让我有点分心。我知道我不该这么做的,也不知道为什么这么做。那支圆珠笔躺在地毯上,而其他人都在专心对话,所以我就把它放进口袋里。之后,我发现艾丽西亚也偷了她们那组的。

"我们永远不要再来了。"结束后我对艾丽西亚说。

"我也这么想,"她说,"他们都好老。我是说,我知道是我们太年轻,但有些人连白头发都长出来了。"

"你妈为什么会送我们来这儿?"

"她说我们会遇到好人。她在那碰到很多朋友,以前会带着孩子一起去星巴克。不过我想那时还没有星巴克,反正就是咖啡厅之类的地方吧。"

"我才不要跟老师或是当中任何一位去星巴克。"

"我们得上适合我们这种人的课。青少年的那种。"艾丽西亚说。

我突然想起那个跟我约过一次会的女孩,她说她想要尽快有一个小孩,我在想她会不会也在那种地方上课。

"问题是,"我说,"去上那种课的人……他们不是都很笨吗?"

艾丽西亚看着我,然后笑了,只不过是不怀好意的笑。

"那你觉得我们有多聪明?"

那天我从怀孕课程回家后,看到妈跟马克坐在客厅看电视。现在马克常出现在我们家,所以看到他并不惊讶,但我进门的时候,妈起身关掉电视,说她有事要跟我谈。我当然知道是怎么回事。我有算过。如果我那天看到的未来是真的未来(TH 帮我快转了一年左右),艾丽西亚的孩子跟妈的孩子大概只差五六个月。鲁夫在未来里已经四个月大了,就我看来,妈的肚子大概也有八个月了。这表示她的孩子会在鲁夫五个月大的时候出生。现在艾丽西亚五个月了,所以意思是……

"你们想要私下谈吗?"马克说。

"不用,不用。"妈说,"我们有很多时间可以私下谈。山姆,你知道最近马克跟我常在一起。"

"你也怀孕了。"我说。

妈看起来很震惊,然后她开始大笑。

"你哪来的这种想法?"

我觉得跟她解释可能没什么用,所以只是摇摇头。

"你担心的是这个吗?"

"没有。我没有担心。只是……在这种时刻,若有人有消息要跟我说,好像总是跟怀孕脱离不了关系。"

"其实我有想过,"妈说,"如果我现在又有孩子了,那会比你的孩子还年轻。也就是说,我的孩子会比我的孙子还小。"然后她跟马克都笑了。

153

"总之,没有,"她说,"我没有怀孕。我是要问你,如果马克搬来住,你觉得如何? 嗯,这是一个提问,不是告知。不是跟你说马克要搬进来了,我们是询问。如果马克搬进来你觉得如何? 这是个问句。"

"如果你觉得不好,我们就打消这个念头。"马克说。

"但是他常待在这,而且……"

我不知道要说什么。我不认识马克,没特别想跟他同住一个屋檐下,但如果我看到的未来没错的话,反正我也不确定自己还会在这里住多久。

"好。"我说。

"你得仔细考虑才行。"妈说。她没说错,我考虑过了。我想过很多事情。例如:

1. 我为什么要跟一个不认识的人住在一起?
2. 诸如此类的。

换句话说,我心里有一个大问题,还有很多关于电视、浴室、浴袍之类小问题,我希望你懂"浴袍"是什么意思。还有马克的小孩。我可不想跟他绑在一起。

"我不要跟他的小孩绑在一起。"

"山姆!"

"你问我有什么想法,这就是我的想法。"

"这句话很有道理。"马克说。

"但听起来很粗鲁。"妈说。

"我的意思是,我自己就有一个小孩等着我当保姆了。"

"如果你照顾的是你自己的小孩,就不能说是当保姆,"她说,"那叫做'为人父母'。"

"他跟他妈妈住在一起。"马克说,"你不需要照顾他。"

"好,那就好。"

"所以你的意思是,只要你不用帮忙照顾小孩,就可以接受吗?"妈说。

"对。大概是这样没错。"

我看不出来我为什么要帮忙照顾小孩,又不是我要马克搬来跟我们住的。事实上我看得出来,不管我同不同意,他都会搬进来。反正就算他没搬进来,将来也会有别人搬进来。那可能更糟,说不定最后我们有可能得跟他还有他三个小孩,以及他的罗威纳犬住在一起。

听着。我对离婚这件事没有意见。如果你受不了一个人,本来就不该跟他继续在一起。这道理很显而易见。我也不想在我爸妈吵个不停的环境下长大。老实说,我不想在有我爸的环境下长大。但问题是,一旦父母离婚你就得面对这种事情。好像如果你只穿了一件T恤就跑进雨中,那么感冒的机会就会提高,懂吗?从你爸离开家的那一刻起,就可能会有别人的爸爸搬进来。然后事情开始变得很古怪。学校里有一个小子几乎不认识跟他住在一起的人。他爸搬出去了,然后别的男人跟他两个女儿搬了进来,而他妈妈跟这两个女儿处不好。之后他妈妈遇见了别人,就搬走了,但没带着他一起,最后这个小子发现自己跟三个一年前甚至还不认识的人困在一起。不过他看起来似乎没有很烦恼,但我不喜欢这种情况。家还是应该像个家,对吧?应该住你认识的人才对。

我突然想到,根据我所看到的未来,我最后会跟一堆不认识的人住在一起。

11

我不再称艾丽西亚的爸爸伯恩斯先生了。我改口叫他罗伯特，这样感觉好多了，否则每次叫他伯恩斯先生，我就会想到《辛普森的一家》那个又老又秃的春田市核电厂老板。我也不叫艾丽西亚的妈妈伯恩斯太太，我改叫她安德烈亚。我们现在已经熟到可以直接喊对方的名字了。

显然他们决定要跟我一起"努力"。而"努力"意味着，每隔几天就问我对每件事有什么感觉，问我有没有什么烦恼。"努力"意味着，只要我随便说了不是太严肃的话，他们就会笑上一个小时。"努力"意味着开始跟我"谈论未来"。

大概是在他们放弃说服艾丽西亚堕胎之后，才开始决定要"努力"的。一开始他们试着跟我们谈堕胎这件事，然后他们试着单独跟我谈，也试着单独跟艾丽西亚谈。这全是浪费时间。艾丽西亚想要留住孩子。她说这是她唯一想要的东西，我认为这句话听起来不大合理，但至少语气很认真。每次罗伯特和安德烈亚跟我谈这件事，我都会说："我懂你们的意思，但艾丽西亚不肯。"就这样一直拖到艾丽西亚的肚子大了起来，错过了可以堕胎的时机，他们才打消念头。

我知道他们怎么看我。他们认为我只是穿帽衫的小混混，还搞砸了他们女儿的未来，所以有点讨厌我。我知道这听起来很好笑，但我懂他们为什么会这么想。毕竟关于艾丽西亚的未来，我是没帮上什么忙，对吧？至于穿帽衫的小混混这部分，就是他们无知了。反正重点是，他们替艾丽西亚规划的未来如今全毁了。老实说，我不认为他们真的有什么明确的计划，但不管他们有什么计划，可以肯定绝对跟婴儿无关。像他们这样的人不会有一个未婚先孕的女儿，你看得出来他们就是无法理解这种事。但他们在努力，其中一部分的努力就是，努力把我当成他们家的一分子。这就是为什么要邀请我住进他们家。

事情的经过是这样的。有一天我去艾丽西亚家吃晚餐，艾丽西亚在谈一本她正在读的书，内容是关于及早开始教导婴儿，他将有能力学会十种语言。安德烈亚没有真的仔细听，然后她突然说："等孩子出生后，你们要住哪？"

我们互看了一眼。我们已经决定了，只是还没告诉他们。

"这里。"艾丽西亚说。

"这里？"

"对。"

"你们两个吗？"罗伯特说。

"哪两个？"艾丽西亚说，"我跟山姆？还是我跟孩子？"

"你们三个。"

"对。"

"哇，"安德烈亚说，"好。很好。"

"不然你以为会怎样?"艾丽西亚说。

"我以为你会跟我们住,山姆会来探望孩子。"安德烈亚说。

"我们复合了,"艾丽西亚说,"如果不能住在这,我们就住其他地方。"

"不,不,亲爱的,我们当然欢迎山姆来住。"

"听起来还真欢迎。"

"我们欢迎他。真的。但如果你们现在就要住在家里,过着像夫妻般的生活,还太年轻了。"

她这么一说,跟艾丽西亚住在一起的主意听起来变得很疯狂。夫妻?丈夫?妻子?我要为人丈夫?艾丽西亚要当我妻子?我不知道你有没有玩过文字接龙,例如有人说"炸鱼",你就得接"薯条""海",或是"手指"。如果有人跟我说"男人",我会说"啤酒""西装",或是"刮胡子"。虽然我喝啤酒,但不穿西装也不刮胡子,现在,我要有一个老婆了!

"别吓他们了,安德烈亚。"罗伯特说,"安德烈亚的意思是,艾丽西亚得跟山姆还有婴儿睡同一间房。至少暂时是这样。"

这听起来也没有比较好,真的。从我九岁开始就没跟别人共用过房间。我以前会去朋友家过夜,后来不再去是因为,如果有人在隔壁床翻来覆去,我就会睡不着。跟艾丽西亚一起住这件事,听起来开始变得真实。既真实又可怕。

"也许你该想想你跟山姆睡在街上会是什么情形。"安德烈亚说。

"如果你希望我过得痛苦,我们很乐意这么做。"艾丽西亚说。

"哦,看在老天的分上,"罗伯特说,"你知道,不是我们做的每件事都是处心积虑要毁了你的人生。有时候,非常偶尔的时候,我们会试着想想怎么做对你最好。"

"非常偶尔，"艾丽西亚说，"非常，非常偶尔。"

"我只是在说反话。"

"我不是。"

"山姆，你知道跟一个人共享一间卧室有多可怕吗？"

罗伯特看着安德烈亚。

"抱歉，但这是事实，"安德烈亚说，"不但睡不好，还得忍受对方放屁跟打呼。"

"我不会放屁也不会打呼噜。"艾丽西亚说。

"你不知道你自己睡着后会做什么，"安德烈亚说，"因为你从来没跟别人共用过房间。你也不知道生了孩子后你的身体会有什么变化。"

"没有人阻止你搬出去。"罗伯特说。

"你以为我没想过吗？"安德烈亚说。

"嗯，我得说这是个很好的示范，"安德烈亚说，"欢迎山姆。欢迎你加入这个快乐的家庭。"

如果我是罗伯特或安德烈亚，我会说，你看不出来吗？所谓夫妻生活就是这样！让山姆跟他妈一起住吧！他每天还是可以看见孩子！但他们没这么说。他们一定有想过，不管我多么希望他们说出来，他们最后还是没说出口。

我需要我的滑板。

当晚回家后，我直接进房拿起我的滑板。从黑斯廷斯回来后，我还没动过滑板。它就靠在墙上，位在 TH 海报的正下方，我看得出来 TH 对我很失望。

"我最近事情很多。"我说。

"我害怕责任,也不想让某个人在我的生活中占有如此亲密的地位,还让她参与我生命中不同的层面。"TH 说。但我不想跟他说话,所以拿起滑板就跑了。

垃圾也在碗公里练习。自从我认识艾丽西亚后就没看过他,但他没问我去哪,因为他知道。总之他知道小孩的事。以前从来没有人会讨论我。我有什么好说的呢?我没做过什么值得一提的事。如果有人知道我的近况,那是因为我跟他们提过,并不是有人告诉他们。现在突然间,每个人都知道我的家务事,这种感觉很怪。

"最近好吗?"垃圾说。他正在练坡道回转,一点进步都没有。

"嗯,你知道的,老样子。"

我正在碗公里假装认真练后侧滑行。

"你搞砸了,对不对?"

"谢谢。"

"对不起,但你这次真的搞砸了。"

"谢谢。"

"对不起,但是……"

"你打算继续告诉我,我搞砸了吗?"

"不然你解释一下为什么你觉得没搞砸。"

"我无法解释,因为我真的搞砸了。"

"哦,"他说,"对不起。我现在才搞懂。"

"搞懂什么?"

"我不知道。如果有人说某个跟我们同年的小子搞砸了,通常不是什么严重的事,对吧?我是说,他不是真的搞砸。他可能会被打一巴掌,或是被老师骂一顿,但不至于毁了他们的人生?虽然有些小插曲,最后还是会顺利结束。可是你要变成一个父亲……那很严重,不

160

是吗？我是说，你真的搞……"

"别再说了。我是认真的。否则搞砸的就是你了，因为我会赏你一巴掌。"

我从来没打过任何人，但他搞得我心情很糟。

"对不起。我是说，我很抱歉差点又脱口而出。很抱歉。"

"抱歉什么，难道这件事是你的错？是你让艾丽西亚怀孕的？"

我其实是开玩笑的，但因为我刚说要打垃圾一巴掌，他看起来很担心。

"我连她长怎样都没看过。我只是要说，你知道的，很抱歉你运气不好。"

"嗯。"

"那你打算怎么做？"

"你说哪方面？"

"我不知道。各方面。"

"我一点头绪都没有。"

我喜欢滑板摩擦水泥的感觉，很大一部分是因为，唯有在滑板的时候，我才知道自己在做什么。这是这么多年来我第一次清楚自己在做什么。垃圾的后侧滑行、坡道回转，几乎所有滑板技巧都表现得一塌糊涂，但我还是很羡慕他。我希望我只需要担心我的滑板技巧就好了。我从前的生活跟垃圾很像，只不过我可以完成那些技巧。就我看来，他的生活似乎很完美。我也曾有过那样完美的生活，只是我自己不知道，不过现在一切都结束了。

"垃圾。"我说。

他没理我。叫垃圾的坏处是有时你不知道人家是在跟你说话。

"垃圾，听我说。"

"好。"

"你的生活很完美。你知道吗?"

就在那一秒,他从滑板上摔下来。他的膝盖硬生生地砸在水泥长椅上,垃圾整个人倒在地上,一边咒骂一边忍着不哭出来。

"你知道吗?"我又说了一次,"完美。此刻我愿意付出一切代价变成你。"

他看着我,好确定我是不是在笑他,但我不是。我是认真的。因为我自己也摔得很惨,可是情况不大一样就是了。艾丽西亚怀孕这件事,好像滑板滑到一半,结果轮子从轮架上脱落,轮架跟板身分离,而我飞上五米高空,最后直接撞上一道砖墙。只不过身上一个伤痕都没留下就是了。

"安德烈亚今天打电话给我。"妈说。我看着她。

"艾丽西亚的妈妈。"她说。

"哦,这样。"

"她说你跟艾丽西亚打算孩子出生后就住在她家。"

我又低头盯着我的鞋子看。过去我从来没注意到鞋带孔的周围是红色的。

"你不想跟我谈这件事吗?"

"要,我想谈。"

"什么时候谈?"

"今天。就现在。如果现在不谈,十秒内你会揍我直到我愿意谈为止。"

"你觉得这一切是个笑话吗?"

我的确是在开玩笑。但之所以会开玩笑,是因为这一切并不好笑,我得鼓起勇气才能面对。就因为我是如此认真看待,所以这时开玩笑,应该是非常英雄的行为。我以为妈看得出来,甚至还会赞赏我。

"不是,"我说,"抱歉。"解释没什么用,反正妈不会认为我是英雄。

"你想住在艾丽西亚家吗?"

"我没得选,对吧?"

"不,"她说,"你不能这么想。你只是个孩子,还有很长的人生路要走。"

"你怀孕的时候也这么想吗?"

"不,当然不是。但是……"

"但是什么?"

"没事。"

"但是什么?"

"好吧,我别无选择,我有得选吗? 我肚子里怀着你,我逃不了。"

"你的意思是说男生就可以逃吗?"

我不敢相信我的耳朵。我妈! 我妈竟然跟我说我应该逃跑!

"我不是说你可以逃,也不是暗示你逃去黑斯廷斯。那样做就太可悲了。"

"谢谢。"

"你不能两面讨好。一下很崇高地说男生不能逃避,然后五分钟后又打算一走了之。"

我没什么好辩驳的。

"我的意思是,你可以每天过去照顾你的小孩,好好当个父亲。只是……不要跟艾丽西亚住在一起。"

"艾丽西亚想要我过去住,而且照顾孩子不是得半夜起床,帮孩子拍背打嗝什么的,对吧?艾丽西亚为什么要一个人承担?"

"艾丽西亚看过你的卧房吗?你一个人住都很困难了,更别说跟别人。你打算把脏内衣丢在她的地板上吗?你想过这些吗?"

我完全没想过这些。反正想也没用。

那天晚上,我跟 TH 谈起这件事。

"我该怎么做?"我说,"别再告诉我你的人生了。我受够了一直听你谈你的人生。跟我说说我的人生。跟我说'山姆,你必须对艾丽西亚和孩子这么做',然后给我一些答案。"

"莱利改变了我们的生活模式,而辛迪跟我找到了一个彼此协调的方法。"他说。

莱利是他儿子。我对他儿子没兴趣。

"我是怎么跟你说的?"我说,"讲这些对我来说没有用,所有关于莱利的事情对我都没用。我不是世界知名的滑板选手。你根本没在听我说话。"

"我不知道公园附近的住户怎么忍得住没出手打我?"TH 说,"我想我是世界上最笨的白痴,因为我永远都想不透。"

这些话他以前就说过了。我知道他对我感到失望的时候总会这么说。当他觉得我是个白痴,对我感到失望时,就会把我送去未来。

我上了床。但不知道什么时候会再醒过来。

12

妈敲我的房门叫我起床。当我醒来,却找不到衣服放哪,我马上知道肯定麻烦大了。我从地板上拿起一条牛仔裤,从衣橱拿了件衬衫,然后还发现了一堆以前没看过的东西,有霍克牌的工装裤,还有几件一直很想要的非常酷的霍克牌 T 恤,其中一件上面有霍克的徽章图案,另一件则是被火焰图案包围的霍克商标。顿时,我知道又来到未来了。我注意到第一件关于未来的事,就是我没住在艾丽西亚家。我穿上那件有火焰的霍克 T 恤,走出门来到厨房。

马克跟一个婴儿在一起。那个婴儿看起来像女孩,而且不是很小。她坐在婴儿椅里,正用汤匙吃着看起来像是捣碎的麦片之类的食物。

"他来啰,"马克说,"你的大哥哥来了。"

我早就做好了心理准备。我知道她是谁,也知道我人在哪,现在是什么情况。毕竟我之前到过未来。可是马克这么说的时候,我还是有些激动。我是一个大哥哥,她是我的小妹妹。我这辈子一直是独子，突然间多了一个人，而且她似乎也喜欢我。她对我微笑，张开双臂似乎要我抱抱。我走向她。

"她还没吃完。"马克说。

马克不知道看见自己的妹妹，对我来说有多重要。她可能昨晚才看过我，而我可能昨晚也才看过她，对马克来说实在微不足道，是几百万个微不足道的时刻之一。但对我来说不是。这一刻对我来说绝对非常特别。

看见自己的妹妹，感觉很不一样。我第一次看见鲁夫时，非常震惊。首先是因为我不知道自己到了未来，再来就是当时我还不确定艾丽西亚已经怀孕了，所以在尚未百分百确定自己的女友，或者说前女友怀孕，就看见自己的儿子……任谁都会感到惊讶。此外，我不知道有儿子会是什么感觉。好吧，其实我知道我是什么感觉，我感觉很糟。但现在眼前这个婴儿不是我的，她是我的小妹妹，不会让我感到伤心或忧虑。

我想知道她叫什么名字。

"快点，小可爱。快点吃。爸爸还得去上班。"

"妈呢？"

我突然想起学校里那个跟不认识的人住在一起的小子。也许妈离开了，我跟马克还有一个我不知道名字的婴儿住在一起。

"她还在睡。这家伙昨晚闹了半个晚上。"

"鲁夫""这家伙""小可爱"，为什么这些人从来不肯叫出婴儿的真名？

"她还好吗？"我说。

"还好。她是个小麻烦。"

"我可以喂她吗？"

马克看着我。我猜我平常大概不会主动说要喂她。

"当然可以。不过你有时间吗？"

我现在想起来了，每次到未来，除了害怕永远回不去之外，我最讨厌的事就是，永远不知道应该在什么时间做什么事。

我耸耸肩。

"你今天要做什么？"

我又耸肩。

"去大学上课？照顾鲁夫？"

他还是被叫做鲁夫。他似乎逃不开这个名字了。

"跟平常一样。"

"所以你没空。"

"我之后还会看到她吗？"

"她会在这儿，"马克说，"她住在这儿。"

"我也是。"我说。

我其实是在发问，但他听不出来。

"你今天头脑似乎特别清醒啊，"马克说，"如果你知道自己住在哪，那今天应该没什么事可以难倒你。"

我笑了，好表示我知道他在开玩笑。除此之外，我几乎一无所知。

妈穿着浴袍走进厨房，看起来一脸睡意，她变老了，也变胖了。如果这样说听起来很粗鲁的话，那我先道歉，但我说的是实话。她走过来在婴儿的头上亲了一下。婴儿看起来似乎不排斥这个举动。

"一切还好吗？"

"很好，"马克说，"山姆刚主动说要喂她。"

"天啊！"妈说，"你是又没钱了吗？"

我摸摸我的口袋,里面还有一张钞票。

"没有,我想我还有钱。"

"我只是开玩笑。"

"哦。"

"你是今天早上醒来突然变笨吗?"

"马克刚说我今天头脑特别清醒。"

"我也是开玩笑的。"马克说。

我讨厌这种情形。如果 TH 要把我丢进未来,至少应该先坐下来跟我谈谈。例如,他可以告诉我,我上哪间大学,还有我妹妹叫什么名字,这些是基本的资料。如果你跟你妹坐在房里,却不知道她叫什么名字,就算她只是一个婴儿,在她面前还是会觉得自己很笨。

"你手机响了。"

我只听到牛在哞哞叫。

"那是牛在叫。"我说。

"是啊。这笑话说第一次的时候还蛮好笑的。"妈说。

我又听了一次。真的听起来像是一头牛。只不过叫声一直重复"哞哞,哞哞……哞哞,哞哞……"像电话一样。那不是真的牛,我房里怎么可能会有真的牛? 我知道是怎么回事了。我应该是在现在跟未来之间的某段时间,为了引人发笑而下载了一个牛叫铃声,但现在不太肯定这铃声到底有多好笑。

我在夹克的口袋里找到我的电话。

"哈喽?"

"是偶"

"哦,哈喽,偶。"我不确定偶是谁,虽然声音听起来有点像艾丽西亚,但当你身在未来,没有什么事情是确定的。

168

"偶,不是偶。"

"偶不是偶?什么意思?"

"艾丽西亚。偶感冒了。所以偶是说,你知道的,'偶是艾丽西亚',只不过偶说'是偶',结果听起来变成'是偶'。"

"我。"

"对,真该死。你是今天早上起来就特别笨吗?"

"对。"痛快承认似乎比较简单。

"嗯,偶知道你早上有课,但偶人真的很不舒服,爸妈又不在。偶早上应该要带他去打针的。你可以代替偶去吗?"

"打针?"

"对。就那个预防接种、免疫,还是注射什么的。"

对一个孩子来说一次打这么多针好像太多了。

"总之你可以帮偶吗?"

"我?"

"对。你。他的父亲。我们不能再拖了。"

"在哪打针?"

"医院。就在路口而已。"

"好。"

"真的吗?谢谢。那待会儿见。得有人带他出去才行。他已经醒了好几个小时,偶的头开始痛了。"

我妈接手喂食。婴儿笑了,而且又对我伸出双臂,但是妈告诉她还得再等等。

"婴儿多大的时候要去打针?"

"什么针?"

"我不知道。"

"嗯,那要看是打什么针而定。"

"是哦?"

"你是说鲁夫吗?"

"对。"

"艾丽西亚之前就说她想带鲁夫去打针。几个月前就该打了,但是艾丽西亚搞不清楚时间。"

"所以,一般是几个月大的时候打?"

我想知道我儿子多大了。还有我多大了。

"十五个月。"

"了解。"

所以,鲁夫比十五个月还要再大上几个月。十五个月是一年又三个月,所以他可能快两岁了,甚至大于两岁。所以我应该是十八岁。去艾丽西亚家的路上我得买份报纸,好看看今天到底是几月几号,我才知道可不可以在酒吧合法喝酒。

"我今天早上要带鲁夫去打针。艾丽西亚人不舒服。"

"你要我跟艾米丽陪你去吗?"

"艾米丽?"

"怎么? 难不成你要我把她留在这吗?"

"不,不。只是……总之,"我说,"不,你们待在家就好。我会带鲁夫去荡秋千之类的。"

接近两岁或是大于两岁的孩子可以荡秋千吧? 不然那些小秋千是拿来干吗用的? 两岁的孩子还能做些什么? 我毫无头绪。

"妈,你觉得鲁夫会说话吗?"

"他简直可以当英国发言人了。"

"我也这么想。"

170

"怎么了？有人说了什么吗？"

"没有,没有。只是……"

我不知道鲁夫会说话,或者说两岁的孩子会说话,我什么都不知道。我不能跟妈说这些。

"晚点见。"我说,"再见,艾米丽。"

然后,我亲了我妹妹的头。我走的时候,她哭了。

艾丽西亚看起来很糟。她穿着浴袍,流着眼泪,鼻子也红了。其实这样也好,既然我搬回家,代表我们分手了,我本来有点难过。因为在原来的时空里,我们处得还不错,我又开始迷恋她,就像我们刚认识的时候那样。不过她现在这个样子……让分手变得容易多了。

"我真的感冒了。"她说,然后她笑了。我担心她是不是精神崩溃了。

"鲁夫在看电视,"她说,"我没有体力陪他做其他事情。"

我走进客厅,有一个金发小男孩,他的头发又长又卷像个女生一样,他正在看一些澳洲人跟恐龙唱歌。他转过头看见我时,马上向我跑来,我得赶紧抓住他否则他的脸会撞上茶几。

"爸爸!"他说。我发誓,这一刻我心跳停了几秒。爸爸？这超过我所能负荷的了,在同一天先是见到我妹妹,然后是我儿子,这对任何人来说都太难以承受了。虽然上次我来到未来的时候就见过鲁夫了,但那时候他还小,我几乎无法靠近他。上一次看到他,让我头痛不已。现在我头还是痛,却痛得很快乐。

我抱着鲁夫摇了一会儿,他笑了,然后我停下来看了看他。

"怎么了？"艾丽西亚说。

"没什么。只是看看。"

171

我心想，他长得真像他妈妈。他们的眼睛嘴巴简直是一个模子刻出来的。

"如果我乖乖，可以吃冰淇淋吗？"

"可以吗？"我问艾丽西亚。

"要等他看完医生。"

"好。那我们之后还可以去荡秋千。"我说。

鲁夫哭了起来，艾丽西亚看着我，好像在说我是个白痴。

"鲁夫可以不去荡秋千。"艾丽西亚说。

"对，"我说，"不想去就不用去。"

我完全不知道这是怎么回事，但是可以看得出来我大概搞砸了什么。

"你刚是忘了吗？"艾丽西亚问我。

"对，"我说，"抱歉。"

如果你没有一天一天好好过你的生活，只是不停地进进出出，那永远不会知道你的生活现在到底是怎么回事。

"总之，能陪鲁夫多久就陪多久。我真的很不舒服。"

我们把鲁夫放在婴儿车里好去医院，我当然不知道怎么绑婴儿车的安全带，所以艾丽西亚得帮我搞定，但她对我如此无能似乎并不惊讶。她问我什么时候才肯学会怎么绑安全带。知道自己平常就这么无能，我还挺高兴的，这么一来我就不用解释为什么前一天还什么都搞得定，突然间又什么都不会了。只不过我们离开艾丽西亚家后，鲁夫开始抱怨，然后试图挣脱。我知道他会走路，我才亲眼看他从客厅一路向我跑来，所以我胡乱地把安全带解开，让他自己在街上跑。我随即发现他打算直接冲上马路，只好抓住他，牵着他的手一起走。

我妈是对的。鲁夫不但可以当英国发言人，当巴西发言人都没

172

问题。我们经过每样东西,他就会说:"你看那个,爸爸!"大半时间你都听不懂他在说什么鬼。有时候是看到一辆摩托车,有时候是一辆警车,有时候是树枝或是可乐罐。一开始我还会试着回应,但一个可乐罐有什么好回应的?根本没什么好说的。

医院里人满为患。大多是父母带着一脸病容的小孩、咳嗽的小孩、发烧的小孩、头倒在妈妈肩膀上的小孩。我很高兴鲁夫没有病成那样,因为我不确定我有没有办法处理那种状况。我站在柜台等待,而鲁夫跑去等待区把整箱的玩具一个一个拿起来把玩。

"哈喽。"柜台后的女人说。

"哈喽,"我说,"我们是来接种,还有免疫,还要打针。"

女人笑了:"也许一样一样慢慢来比较好。"

"你说了算。"我说。

"你说'我们'是指你跟谁?"

"哦,"我说,"抱歉,我跟他。"我指着鲁夫。

"嗯。他叫做?"

哦,该死。我不知道我儿子的全名是什么。我确定我不是世界上最棒的父亲,我去接鲁夫时,从艾丽西亚跟鲁夫的反应看来,我也不是最糟的。但不知道自己孩子的名字……这不大妙。即便世上最糟糕的父亲,也绝对知道自己的孩子叫什么。所以,现在我比世上最糟的父亲还要更糟糕。

如果他真的叫鲁夫,那缩写应该是"R"。他要不是跟我姓,就是跟艾丽西亚姓。所以,要不是琼斯,就是伯恩斯。

"R. 琼斯。"我说。

她看了清单,然后又在电脑屏幕上找。

"这里没有这个名字。"她说。

"R.伯恩斯。"我说。

"我可以请问你跟他的关系是?"

"我是他爸。"

"但是你不知道他叫什么名字。"

"对,"我说,"我不知道。"

她看着我,显然不大满意这个回答。

"我刚一时忘了他是跟母姓。"我说。

"他的全名呢?"

"我都叫他鲁夫。"我说。

"那别人都怎么叫他?"

"我们都叫他鲁夫。"

"他的全名到底是什么?"

"我想我最好明天再过来。"我说。

"对,"那女人说,"等你多了解他一点之后再来。多花点时间陪他,建立父子关系,顺便再问清楚他叫什么名字。"

在去公园的路上,我问鲁夫他叫什么名字。

"鲁弗斯。"他说。

鲁弗斯。没错,我怎么会没想到呢! 我应该在去医院的路上就先问他,而不是等到现在才问。他一点也不惊讶我问他这个问题,只是很高兴他答对了。我猜小孩子一天到晚都会被问他们已经知道答案的问题。

我等不及想知道我最后是怎么会同意把我儿子取名为鲁弗斯。我心里还是想帮他取名为巴奇。

"鲁弗斯,"我说,"如果妈妈问你打针痛不痛,就跟她说,我是勇敢的男孩,好不好?"

174

"我是勇敢的男孩。"他说。

"我知道你是。"我说。

他还是没打到针。

原来鲁夫不喜欢秋千是因为我上次带他去公园的时候,他被秋千打到头。那时我让他在秋千前面乱跑,从撞击的声音听起来,秋千应该是正中他的鼻子。这些都是我跟鲁夫走过公园大门时他跟我说的。我听了以后心情很糟。他是一个这么漂亮的小男孩,我以为我能照顾好他的。

自从我发现艾丽西亚怀孕后,我真正担心的始终只有自己。我担心这件事会怎么毁掉我的人生、我爸妈会怎么说,还有诸如此类的问题。今天我不但得阻止鲁夫跑上马路,还在医院看到那些生病的小朋友。现在我又发现鲁夫差点在公园把自己撞昏,我年纪还没有大到可以处理这么多问题,我真的没办法。但话说回来,又有谁有办法?我妈年纪够大了吧,但还是一堆烦恼,年纪再大对事情也没帮助。也许大部分跟我同年的人之所以没生小孩,是因为他们的生活有其他烦恼够他们忙的了,例如工作、女友,还有足球赛的结果。

我们在沙坑玩了一下子,鲁夫溜了几次滑梯,又骑了底部有大弹簧的摇摇木马。我记得我小时候也骑过,很确定我跟他骑的是同一匹。我大概有五年没来过这座公园了,但这里似乎没什么改变。

我口袋里有二十英镑。鲁夫吃了冰淇淋,所以我还剩十九英镑,然后我们从克利索尔德公园一路走到北街好打发时间。接着鲁夫想要去玩具店,我心想,我们应该可以只看不买吧?结果他看上一台要价九点九九英镑的直升机,我告诉他不行,他就把自己往地上摔,然后一边尖叫一边捶自己的头。所以现在我只剩下九英镑了。当我们

175

路过电影院,那正上映一部叫做《沙拉总动员》的儿童片。从海报看来,内容似乎跟《超级无敌掌门狗》①差不多,只不过主角换成蔬菜。鲁夫想看这部电影,我看了时刻表,第一场才刚开始。我心想,好吧,这也是个混时间的好方法。两个人一共八块半英镑,所以我口袋里只剩下五十便士。

我们走进戏院时,银幕上有一个会说话的大番茄试着从一罐美乃滋跟盐罐旁边逃走。

"我不喜欢,爸爸。"鲁夫说。

"别傻了。快坐下。"

"我不喜欢!"他大喊。戏院里大概一共四个人,他们全都回头了。

"我们就……"

大番茄对着镜头边跑边叫,这一次鲁夫没说话了,只是不停地尖叫。我只好把他抓出来带到休息室。短短二十分钟内,我已经花了二十英镑。

"我可以吃爆米花吗,爸爸?"鲁夫说。

最后我把鲁夫带回艾丽西亚家。在我们出去的这段时间,艾丽西亚换了衣服,她看起来好多了,但也谈不上漂亮就是了。

"你就只能撑这么久?"她说。

"他因为打针的关系,身体不大舒服。"

"情况如何?"

"情况如何,鲁夫?"我问他。

鲁夫看着我,不知道我在说什么。他忘记我们之前排练过的。

---

① *Wallace and Gromit*,英国广播公司(BBC)1996 年开播的喜剧黏土动画片系列,多次被奥斯卡金像奖提名以及获奖。

"在医生那边如何呀?"

"他们有消防车。"鲁夫说。

"你勇敢吗?"我说。

鲁夫又看着我。你可以看得出来他试着要记起什么,但摸不着头绪。

"我是勇敢的消防员。"他说。

"哦,好吧,"艾丽西亚说,"他看起来没有太难受。"

"没有,"我说,"他很棒。"

"你要跟我们一起吃午餐吗? 还是要走了?"

"我得走了,"我说,"你知道的。"

我希望她真的知道,因为我什么都不知道。

"很快就会再看见你了,鲁夫。"

我说这句话是认真的,算是吧。如果我回到原来的时空,回到我上床的那晚,再过几个礼拜他就要出生了,我就会看见他。这让我有种奇怪的感觉。我想要抱抱他,说一些很期待看到他之类的话,但如果这么做,可能艾丽西亚就会猜到我不属于这个时空,不属于她的时空。虽然真的要猜到是挺困难的,但我跟鲁夫说我很期待看到他,艾丽西亚多少会察觉到有些异常。

鲁夫给了我一个飞吻,艾丽西亚跟我都笑了,我倒退着走,好能多看他几眼。

我回到家,家里没人,我躺在床上盯着天花板看,觉得自己好蠢。有谁不希望有机会的话可以看看未来是什么样子? 但现在我来了,就身在未来,却想不到要做些什么。麻烦的是,这个未来不是真的未来。如果有人问我未来是什么样子,我只能告诉他我有一个小妹妹跟一个两岁大的儿子,这听起来不会是什么大家想听到的惊人消息。

177

我不知道躺着思考了多久,但是过了一会儿,妈抱着艾米丽提了一堆购物袋回来,我帮她把买回来的东西放好,艾米丽则坐在她的小摇椅上望着我们。

我突然很想知道一件事情。事实上,我想知道的事情可多着呢,例如我一整天该做些什么。但最后我问的是这个问题。

"妈,我表现得怎样?"

"还可以,"她说,"你没有摔到任何东西。"

"不是,不是。我不是说把东西放好这件事。好比说,我在生活上表现如何?"

"你要我怎么回答? 帮你打分数吗?"

"也可以。"

"满分是十分的话,我给你七分。"

"好。谢谢。"

七分听起来不错。但是没有回答到我的问题。

"你满意吗?"她说,"太高了? 还是太低?"

"听起来还不错。"我说。

"对,我也这么觉得。"

"你觉得我没拿到那三分的原因在哪?"

"你到底想要问什么,山姆? 怎么回事?"

怎么回事? 我猜我想知道的是,我的未来究竟值不值得期待,或是未来会不会碰上很多麻烦。不管我的未来是哪一种,其实我都别无选择,但是我想知道垃圾有没有说对。我真的把一切都搞砸了吗?

"你觉得还算过得去吗?"我说。我不知道我是在谈哪件事,或是什么叫做过得去。但这个问题至少是个开始。

"为什么这样问? 你惹上什么麻烦了吗?"

"没有,没有,不是那样的。我没碰上什么麻烦。我是指,鲁夫、这一切,还有我的大学生活之类的。我不知道。"

"我想你表现得跟预期的一样好,"妈说,"所以我给你七分。"

"跟预期的一样好。"这句话是什么意思?

突然我明白了,就算已经身在未来,你还是会想知道更远的未来会发生什么事。就我看来,TH 这么做完全没帮上什么忙。

稍晚我带着滑板去了碗公,没有人感到惊讶,显然我没有放弃玩板。我告诉妈跟马克,我不想跟他们吃饭,虽然我饿得要命,但不想跟他们谈昨天、今天或是明天的事。我在房里瞎晃,玩 X - box,听听音乐,然后上床睡觉。当我醒来,我的霍克牌工作裤跟火焰图案 T 恤都消失了,我知道我又回到原来的时空了。

13

　　所以现在你都知道啦。没什么好说的了。关于造访未来的事情，我不知道你会不会认为是我捏造的，或是我脑筋不清楚，但这一切都不重要了，对吧？总之，我们有了一个叫鲁弗斯的孩子。这就是故事的结局。

　　你现在可能在想，如果这就是结局，怎么还不闭上嘴，好让我去做其他事？虽然说你已经知道了……这样说是没错，因为你的确知道所有发生过的事。我是说，虽然我没有巨细靡遗地交代所有细节。总之你知道我们有了孩子，妈也有了孩子，艾丽西亚跟我一起住在她的房间，然后我们又分手了。有时候，事实没有那么重要，即使你知道每件发生过的事，还是一无所知，因为你不知道感觉起来如何。而感觉才是故事的重点，对吧？你可以在十秒内告诉别人事情的经过，若仔细想想，就知道事实其实不算什么。以下是关于《终结者》的剧情内容：在未来，超级电脑机器人想要控制地球、摧毁人类。在2029年，反抗军的领袖是人类唯一的希望所托。所以机器人派出阿诺德·施瓦辛格,也就是魔鬼终结者回到过去,好在反抗军的领袖出生前就先杀死他。故事差不多就是这样。对了,还有一位反抗军的成员也回到过去,好保护他们未来领袖的妈妈。所以,电影里有很多打斗的场面。这部电影在讲述一个无法保护自己的未来领袖的母亲,加上一位反抗军斗士,是如何并肩作战对抗终结者阿诺德的。你喜欢这些剧情吗?不,你当然不会喜欢,因为你什么都感觉不到,所以不会在意到底发生了什么。我不是说艾丽西亚跟鲁夫还有我的故事,就像《终结者》一样精彩。我只是说如果你太执着于事实,就无法领略整个故事的重点。所以,我得告诉你后续的发展。

有一件事应该告诉你:我在碗公摔伤了,而且摔得很惨。我从来没在那边受过伤,因为大家在那里都只是随便玩玩。如果我会受伤,应该是在滑杆城才对,因为真正的玩板选手都会去那,那里才是认真玩板的地方,碗公不过是那种晚餐前五分钟过去晃晃的地方罢了。

但那不是我的错,就算是我的错我也不会承认就是了。我甚至不确定那到底算不算是摔倒。事情的经过是这样的:如果在碗公玩板想来点有趣的,唯一的方式就是你从侧边滑入,然后在大概离碗公三步的距离时,腾空跳入碗公内,如果你想要的话,还可以搭配一些更炫的动作。不过碗公里必须是空的才行。就算是天色暗了,还是可以从很远的地方就看到跟听到里面有没有人。除非有人用滑板当枕头睡在碗公里。我一直到已经跳到半空中准备要降落在兔子的肚子上时,才发现他睡在里面。所以你觉得我算摔倒吗?我哪知道会有人在里面睡觉?

没有人在那种情况下还可以停留在滑板上,所以我不会说是我的技术出了问题。因为那是兔子的问题,所以我调整好呼吸、手腕的疼痛也舒缓之后,我破口大骂。

"兔子?你他妈在搞什么啊!"

"我做了什么?"他说,"我?那你又在做什么?"

"我在玩板呀!我在碗公玩板。碗公就是拿来玩板的!"谁会在水泥碗里睡觉?那人们要去哪玩板?

兔子笑了。

"这不好笑。我的手腕可能摔断了。"

"对,这不好笑。抱歉。我笑是因为你竟然以为我在睡觉。"

"那不然你在干吗?"

"我只是在打瞌睡。"

"他妈的有什么不同?"

"我不是真的在睡觉。那样很怪。"

最后我只好离开。要跟兔子讲话你得有那个心情才行,而我现在正好没有。

为了安全起见,我妈带我去照手腕 X 光。我们等了很久,最后医生告诉我们除了会痛得要命以外,没什么大碍。

"我认为你不能再这么做了。"我们在等待的时候妈这么说。我不知道她指的是什么。不能做什么?在医院等待?跟她一起出门?我看着她,好表示我听不懂她在说什么。

"玩板,"她说,"我不确定你能不能再玩板。至少短期内不行。"

"为什么不行?"

"因为接下来两年,你的生活会充满压力,有很多事情要忙。如果你摔断了四肢就什么都不能做,艾丽西亚不会感谢你的。"

"我会摔倒是因为兔子很笨。"我说。

"对,说得好像我们以前没来过急诊室一样。"

妈没说错,过去我的确曾有一两次摔断了这里跟那里,手指脚趾什么的。但没严重到连婴儿车都没办法推。

"我不打算停止玩板。"

"你这样很不负责任。"

"我知道,"我说,"但我从来没说过我要小孩。"

我妈什么都没说。她大可好好教训我,但她没有。之后我还是继续玩板,也没有再摔倒。但那是因为我幸运,还有之后兔子没有在碗公里睡觉。

我搬出去不久前,马克搬进来了。有没有可能一个人刚好跟另一个人完全相反?如果可能的话,马克跟我爸就刚好完全相反,他们除了身高相近、种族相同,对女性的喜好相似,还有他们都是英国人之外,其他方面都完全相反。你应该懂我的意思。好比说,马克喜欢欧洲,还有住在欧洲的人。有时他会关掉电视读书,也会读报纸。我喜欢他。至少我喜欢他的程度足够让我可以接受跟他住在一起。我很高兴他跟妈在一起。她马上要成为三十二岁的祖母,一个怀孕的三十二岁祖母,这样的生活对她来说像是向后退了一步。而她跟马克在一起,则是向前了一步。最后她停在原来的位置,这位置比任何地方都来得好。

最终妈还是抽出时间告诉我她怀孕了。她发现后不久,就告诉我了,但其实我早就知道了。有时我希望可以对她说:"听着,不用烦恼。我去过未来,所以我都知道了。"当妈试图鼓起勇气告诉我她怀孕了,这就是我听到后的感觉。

老实说,就算我没去过未来也猜得到,她跟马克真的很不会掩饰。就在我搬出去前,妈开始停止喝酒。如果不是因为艾丽西亚,我本来不知道女人怀孕时不能喝酒，特别是在怀孕前几个礼拜。但总之我知道了，妈也知道我清楚这个道理，但她每晚还是会帮自己倒一杯酒，只不过完全不碰，好像这么做就可以骗过我。重点是，晚餐后的收拾工作是由我负责，所以大概连续五个晚上，我都会从桌上拿起倒得满满的酒杯然后说："妈，你还要喝吗？"她会说："不了，谢谢，我不大想喝。马克，你要喝吗？"而马克会说："如果一定要我喝的话就给我吧。"然后他会边看电视边啜饮个几口。这实在太疯狂了。如果我不知情，应该会说，你知道的："妈，你干吗每晚倒了酒又不喝？"那她可能就不会继续装模作样了。但我知道是怎么回事，所以什么都没说。

有天早上，马克让我跟妈搭他的便车，因为那天他要开车上班，会经过我的学校跟妈工作的地方。那天我们已经快迟到了，妈还在浴室里呕吐。我听到她呕吐的声音，马克当然也听到了。他知道是怎么回事，我也是，但没有人说什么。这样合理吗？因为他不想当那个开口的人，所以什么都没说。而我什么都没说，是因为我不该知道这件事情。我看着马克，他也看着我，我们可能也听到了狗叫声，或是收音机里传来 DJ 的声音，但不管听到什么，似乎都觉得不需要说些什么。一直到浴室传来真的很大声的呕吐声，我忍不住做了个鬼脸，马克注意到了，他才说："你妈身体不大舒服。"

"哦，"我说，"对。"

"你还好吗？"当妈出来的时候马克问她。妈给了他一个闭嘴的表情，然后说："我找不到我的手机。"

然后马克说："我刚跟山姆说你不舒服。"

"你为什么要这样说？"

"因为你的呕吐声大到连墙壁都在震动了。"我说。

"我们可能要谈一谈。"妈说。

"现在没时间，"马克说，"我真的得去开会。"

"我知道，"妈说，"祝你今天顺利。"她亲了马克的脸颊。

"晚点打给我，"他说，"让我知道，你知道的……"

"我不会有事的，"马克走后我这么对我妈说，"不管你想跟我说什么，我都不会感到困扰。"

突然间，有一个可怕的想法在我脑海中闪过。我会不会错了，会不会未来也是错的，妈可能准备告诉我她得了癌症之类的重病？那我刚才跟她说我不会感到困扰，岂不是很不应该？

"我是说，如果是好消息，我不会困扰的。"我说，"如果是坏消息，我会困扰。"这句话听起来很白痴，有谁不会为了坏消息而困扰，如果是好消息又有谁会不开心。

"如果是好消息，我会觉得开心，或至少不会感到困扰。"我说，"如果是坏消息，我会很困扰。"

我爸常说，如果你掉到一个洞里，就不应该继续挖它。这是他最喜欢说的话之一。这表示如果你处在一团混乱之中，不该让情况更糟。他总是这么对自己说："如果你在一个洞里，大卫，不要再继续挖下去了。"这就是我现在该做的，我不该把洞愈挖愈深。

"你猜到了吗?"妈说。

"我希望是。"

"什么意思?"

"如果我猜错了，那就表示你身体真的出了问题。"

"没有，我身体没什么问题。"

"好，那么，"我说，"我猜到了。"

"不过你之前也猜过我怀孕了。"

185

"对。那次我猜错了。"

"你为什么一直猜我怀孕了？我从来都没想过要再生一个孩子。"

"男人的直觉。"我说。

"男人没有任何直觉。"她说。

"你眼前的这个男人有。"我说。

你用逻辑思考，就知道这句话不是真的。如果我没去过未来，根本不会知道。我第一次猜妈怀孕，完全猜错。而这一次我看见她不再喝酒，又听见她在浴室呕吐。这不用直觉也猜得出来。

"你真的不觉得困扰吗?"她说。

"真的。"我说，"很好。他们会变成朋友，对吧?"

"我希望是。总之他们会同年。"

"那他们会是什么关系?"

"我也在想，"她说，"我的孩子是你孩子的姑姑或叔叔。我的孙子会比我孩子大几个月。我怀孕四个月了，艾丽西亚已经八个月了。"

"这太疯狂了，对吧?"我说。

"我想很多人都发生过这种事，"妈说，"只是我没想过会发生在我们家。"

"那你的感觉是什么?"

"嗯，我的感觉。好吧，一开始我不想留住孩子。但后来，我不知道……我想是时候了，你觉得呢?"

"对你来说，也许是吧。"

然后我笑了，好让她知道我只是在开玩笑。

突然间，我妈不再是我妈了。我们变成了朋友，我们在同一年让自己陷入同样的蠢境。这是我生命中古怪的一刻,真的,如果你也去过未来,就会懂我现在的感觉。没有什么是不变的。事情会发生在想发生、而不是该发生的时候,就像某些科幻电影里演的一样。如今这些事情我们都可以一笑置之,好吧……事实上,这样说也不对。我们只有在真的真的很顺利的日子才笑得出来。

我后来了解,未来有分两种。一种是我去过的那个未来。另一种是真正的未来,你必须耐心等待的未来,你无法造访的未来,你得一天一天耐心过下去才到得了的未来……但这个未来对我来说变得没那么重要了。事实上这个未来几乎消失了。至少有一小部分消失了。艾丽西亚怀孕前,我常花很多时间在想,我的未来会是什么样子。有谁不会这么做呢? 但我已经不再去想了。这种感觉就像,我不知道……例如去年学校有学生利用假期去苏格兰攀岩,结果发生了意外。他们没注意时间,带队的老师攀岩经验也不够丰富,后来天色暗了,他们被困在岩壁上等待救援。那晚困在岩壁上的学生,有多少人心里想的是,我该修英国文学还是进阶法文? 我想成为摄影师还是网站设计师? 我敢打赌一个都没有。那晚,他们能想到的未来是,你知道的,好好洗个澡,吃个烤三明治,再加上一杯热饮,还有打通电话回家。嗯,你还在念书的时候,就有一个怀孕的女友,感觉就像被困在岩壁上,此刻我们所能想的就是鲁夫的来临(但那时我们还没叫他鲁夫),有时会想他出生后的第一个礼拜是什么情形,但就这样了,无法想得更远。我们没有放弃对未来的希望,只是把希望放在不同的地方,祈求每件事只要别变得太糟就好。

但重点是,我们还是得替未来做些努力才行,因为这是十六岁该做的事情,对吧? 人们——我指的是中学跟大学里的老师还有家长们，想知道你打算做什么，你的目标是什么。你可不能跟他们说，希望一切得过且过就好。如果你那么说肯定拿不到毕业证书。

　　我们快要毕业考的时候，艾丽西亚已经怀孕五个月了，等我们拿到成绩单的时候，她已经七个月了。她的成绩真的挺烂的，我倒还可以，但这些对当时的我们来说都不重要了。当然艾丽西亚的妈妈还是会抱怨，这整起事件对艾丽西亚造成了多少负面的影响，但男生却不痛不痒好像什么都没发生似的，她认为这实在太不公平了。我没有告诉她，我认识艾丽西亚的时候，她就跟我说她想当模特儿。她爸妈不会想听这些，那不是他们想看到的画面。

　　所以整个暑假我们都在思考要做什么，除此之外就是等待孩子出生。我们考虑的过程大概只花了十分钟。我决定去念大学，艾丽西亚决定休息一年，等孩子一岁的时候再继续念书。不过等待……足足花了我们两个月。对此，我们别无选择。

14

　　那时我正一个人在碗公玩板,我妈突然出现了。她跑得上气不接下气,但还有力气对我大喊,问我为什么不开手机。

　　"我开了啊。"我说。

　　"那你干吗不接?"

　　"我放在外套口袋里。"

　　我指了指放在碗公旁石长椅上的外套。

　　"这样开了跟没开有什么差别?"

　　"我本来打算再玩一分钟就过去看看手机的。"我说。

　　"当你女友怀孕的时候,你这样开了也等于没开。"她说。

　　我们俩不停浪费时间争论我应该多久看一次手机才对,只不过只有我妈才知道我们是在浪费时间,因为她有重要的消息还没说。

　　"总之你还待在这干吗?"

　　我当然知道她为什么大老远从家里跑来碗公,但我不知道我为什么选择装傻。事实上,我们都很清楚我为什么装傻,因为我怕得要死。

"艾丽西亚要生了!"妈大喊,好像刚才那两分钟,是我一直不让她告诉我这个消息似的,"你得赶过去!"

"对,"我说,"对,好。"

我拿起我的滑板作势要开跑,只不过我的脚步还停留在原地,像是在发动引擎似的。因为我不知道该跑去哪。

"我该跑去哪?"

"艾丽西亚家。快。"

我记得妈说我得跑去艾丽西亚家的时候,我人有点不舒服。过去四个礼拜以来,不管是白日梦还是夜里的噩梦,我都不停地梦见孩子出生。我的噩梦是艾丽西亚要临盆的时候,她爸妈不在旁边,她得在公车或计程车上生产,最糟的是我还得手足无措地陪在一旁。而在我的白日梦里,则是我人在外头,接到一条短信说艾丽西亚已经生下孩子了,母子均安,而我错过了一切。所以当妈告诉我,我得跑去艾丽西亚家的时候,我知道这表示她还没生,也就是说她还是有可能在四十三号公车上生产。

当我跑过妈面前,她抓住我,亲了我的脸颊。

"祝你好运,宝贝。别害怕。这会是一个很棒的经验。"

我还记得当我匆忙地沿着艾萨路跑向艾丽西亚家,心里在想些什么。我心想,我最好别流太多汗。虽然我不知道等一下我得做些什么,总之我不想带着一身汗臭。然后我还想到,我希望我不会口渴。虽然在我们要带去医院的紧急行李里装了一瓶水,但我总不能把它喝光吧?那是帮艾丽西亚准备的水。我也不能拜托护士给我一杯水,因为护士要照顾的人应该是艾丽西亚而不是我。我也不能偷偷跑到厕所嘴巴就着水龙头喝水,因为鲁夫一定会趁那五分钟出生。

你可以说我都在担心我自己,而不是艾丽西亚跟孩子,可是我之所以会担心这些,正是因为我知道在这种时刻我不该只担心我自己。

艾丽西亚的妈妈来应门。我是指安德烈亚。安德烈亚来应门。

"她在泡澡。"安德烈亚说。

"哦,"我说,"好。"然后我绕过安德烈亚面前走进厨房坐着。我不是已经把这当成自己家一样随便了。我只是紧张,我侧坐在厨房的椅子上,开始用脚敲打地板。可是艾丽西亚的妈妈还是盯着我看,好像我是个疯子。

"你不想去看看她吗?"安德烈亚说。

"想啊,可是她在泡澡。"我说。

安德烈亚笑了。

"你可以进去啊。"她说。

"真的吗?"

"哦,我的天啊,"她说,"我女儿的孩子的父亲从来都没看过她裸体。"

我脸红了。我很确定该看的我早都看过了。我只是一下子没意会过来。

"你接下来会看到的还多着呢,"她说,"我真的不介意你看到她泡澡的样子。"

我站起身,但还是不确定。

"你要我陪你一起去吗?"

我摇摇头,然后上楼。但我心里默默祈祷浴室门是锁着的。

自从我跟艾丽西亚复合到现在,我们还没上过床。所以过去几个月以来,我其实不大清楚在她宽松的 T 恤还有她哥哥的毛衣底下

191

的身体是什么样子,你应该懂我的意思。我不敢相信,她简直变了一个人。她的肚子大到看起来像有个两岁的小孩躲在里面,她的胸部跟上次看到的比起来大概大了五倍。她身体的每一个部分看起来都像是要炸开了。

"八分钟。"她说。她的声音很好笑,变得低沉、成熟多了。事实上,她突然间看起来像是快三十岁的女人,而我却觉得自己像个七岁的男孩。我们的年纪正朝着反方向快速改变。我不知道她说八分钟是什么意思,所以我没理她。

"你可以现在开始计时吗?"

艾丽西亚对着她的手表点点头,我却完全不知道该怎么做。

虽然我们一起上过怀孕课程,但没人指望我真的帮上什么忙。在海布里新公园那里的课程,同学们要不是老师,就是银发族,所以在那场灾难之后,我妈帮我们在医院找到比较合适的课程。那里多少有些跟我们同年纪的人。我就是在那里遇见了那个在麦当劳厕所教我换尿布的女生,以及她谈到的女生:霍丽、尼古拉和他们所有的人。那里没什么男生就是了。总之,医院的老师教过我们如何计时收缩之类的。但是,首先是妈跑来碗公告诉我艾丽西亚要生了,接着我一路狂奔到艾丽西亚家,然后进了浴室,发现浴缸里坐着一个长得一点都不像艾丽西亚的裸女……我脑袋有好一阵子一片空白。艾丽西亚看得出来我不懂她的意思,所以她对着我大喊。

"计时收缩时间,你这白痴!"她说。她说话的方式不是很友善,愤怒的语气中带着挫败,我差点把表扔进浴缸然后回家。接下来的十二个小时里,我有五百次几乎差点要回家的念头。

突然,艾丽西亚发出了一声非常、非常恐怖的声音。听起来简直像是动物的哀号,但我无法形容到底是哪种动物,因为我对野生动物不大了解。就我听过的动物叫声中,最接近的是,有一次我们住在西班牙旅馆附近的牧场传来的驴叫声。她一叫,表又差点葬送在浴缸里,因为我被吓到了。

"什么情形?"艾丽西亚说。

我看着艾丽西亚。她难道不知道吗?她以为有其他人,或是一只驴子在这吗?

"刚刚那是……那是你。"我说。我不喜欢这么说,因为听起来很没礼貌。

"我不是说那个声音,你他妈的白痴,"艾丽西亚说,"我知道那是我发出来的。我是在问时间。几分钟了?"

我松了一口气,好险是我误会了,这表示艾丽西亚没疯。但另一方面,我不知道几分钟了,我知道她一定又要发飙了。

"我不知道。"我说。

"哦,他妈的,"艾丽西亚说,"你这该死的王八蛋为什么不知道?"

他们在课堂上警告过我们关于粗话的问题。那女人说,我们的伴侣会因为疼痛而咒骂,说一些无心的话。我知道除非产道开始扩张,否则艾丽西亚是不会开始骂人的,所以这显然不是个好兆头。

"你没跟我说上次收缩是什么时候,"我说,"所以我没办法帮你计时。"

艾丽西亚开始笑了。"我很抱歉,"她说,"你是对的。"

她紧抓住我的手说:"我很高兴看到你,"然后她开始哭了,"我真的很害怕。"

我知道这么说听起来很蠢,但我这一生中最骄傲的事情之一,就是在那当下我没说"我也很害怕"。我其实很想这么说,毕竟现在什么都还没开始就已经够可怕了。但我只是说："会没事的。"然后用力紧握她的手。我说的话虽然没什么帮助，但总比说"我也很害怕"，然后号啕大哭，或是逃到黑斯廷斯来得好多了。那样对艾丽西亚也不会比较好。

她妈妈载我们去医院，结果艾丽西亚没有在车上生产。她要她妈妈用九十英里的时速狂飙，但是碰到减速坡的时候又必须以零英里的时速通过。如果你曾在伦敦或任何地方搭过车，应该就会知道，就算是凌晨三点也不可能开到时速九十英里，一部分是因为交通状况，另一部分是因为每隔六英寸就会碰上一次减速坡。总之现在也不是凌晨三点，是下午三点。换句话说，我们移动的速度大约是每小时三英里，也就是说我们没遇到减速坡的时候，这样的速度太慢了，但碰到减速坡的时候，这样的速度又太快了。我想叫艾丽西亚别再发出驴叫声，那让我很紧张，但我知道我不能这么说。

结果我担心会不会口渴是多余的。因为到了医院后，病房里有一个水槽，我们的时间也很充足。有一段时间因为毫无动静，我甚至还可以跑到医院外头的路口买罐可乐跟巧克力棒。我本来预期的状况会是，你知道的，"用力！用力！我可以看到头了！"然后我会跑来跑去，从这跑到……老实说我不知道要跑去哪。我猜可能是从艾丽西亚的左边跑到右边。反正结果是我不需要担心没时间去男厕喝个水，也不需要担心得半路拦车把婴儿送到邮局还是哪里。英国一年有多少新生儿？答案是大约六十万个。这是我从网上查到的。而这当中又有多少是诞生在公车上或是路边？大概两三个吧。（我猜的。我有试着找出答案。我在 google 里输入"英国婴儿在公车上出生"，结果什么都找不到。）这就是为什么有时候会在报纸上看到这类新闻：因为这种情形不多见。生产的过程很漫长。应该说，一开始很漫长,然后变得紧凑。除非是在公车上生产就另当别论了。

言归正传,我们到医院的时候,护士在妇产科门口等我们,带我们到病房。艾丽西亚躺到床上,她妈妈负责帮她按摩,我则打开我们很久以前就准备好的行李。在课堂里他们告诉我们要打包一个行李。我装了干净的内衣裤还有 T 恤,艾丽西亚也装了一些衣服。然后我们装了一堆洋芋片、饼干,还有水;也装了一台随身音响跟一些唱片。教怀孕课程的那女人说音乐可以帮助放松,我们花了很多时间选音乐、烧录 CD。甚至连艾丽西亚的妈妈也做了一张,我们觉得她选的音乐有点怪,但她说到时候我们可能会感谢她。我插上音响的插头,放入我烧录的 CD,你可能会觉得这样做有点自私。我的想法是,如果从一开始就没人对我放的音乐提出异议,那我就可以一直放下去。而且我的音乐都是又大声又快节奏的滑板音乐,应该可以为艾丽西亚带来一些活力。第一首歌是"绿日乐队"的《美国白痴》。

"在我杀了你之前最好赶快关掉,"艾丽西亚说,"我不想听《美国白痴》。"所以我放的音乐宣告结束。我放进她的 CD。

"这什么鬼?"她说,"太可怕了。"

艾丽西亚的 CD 主要都是节奏蓝调,夹杂一些嘻哈。第一首歌是贾斯汀的《性感的背》,她在上怀孕课时迷上这首歌。没有人会想在生产的时候听到跟"性"有关的歌曲,就跟呕吐时不会想看到麦当劳的广告是一样的道理。我劝她别选这首。我们还为此吵了一架。

"我告诉过你别选这首的。"我说。我就是忍不住。我知道现在说这些话时机不对,但我就是知道我当初是对的。

"这才不是我选的,"艾丽西亚说,"一定是你放进去的。"

"这真是天大的谎言。"我说。我真的很生气。我不喜欢贾斯汀

195

（即便到现在还是不喜欢），所以艾丽西亚说这首歌是我选的让我很不高兴。但我最气的是她怎么可以这么不公正。我早告诉过她这首歌是狗屎！我告诉过她生产时别听这个！但她现在却说这是我的主意。

"算了。"安德烈亚说。

"但是她说要放的!"

"别争了。"

"不是我，"艾丽西亚说，"是你。"

"她不肯放手，"我说，"她不肯就此打住。"

安德烈亚走向我，把手放在我的肩膀上，在我耳边低语。

"我知道，"她说，"但你必须放手。接下来我们还要在这待上不知道几个小时，这段时间我们会照艾丽西亚的指示行动，同意她说的每件事，她要什么都给她，明白吗?"

"好。"

"这是一个很好的练习。"她说。

"什么练习?"

"练习有了小孩的生活会是什么情况。一旦有了孩子，一天大概要妥协五十次。"

当她这么说的时候，我突然领悟到一件事。我知道艾丽西亚要生了，甚至都快可以看见婴儿了。既然我们在医院，让孩子顺利出生似乎是首要任务，一旦孩子生下来，我们的工作就结束了，我们可以马上把剩下的洋芋片吃光，然后回家。但其实重头戏才刚要开始，对吧？我们是要回家没错。但我们要抱着一个婴儿回家，然后不停跟对方争论谁选了贾斯汀的歌，还有跟小孩争论任何一件鸡毛蒜皮的小事，我们会永远不停地争论下去。一想到这，贾斯汀的事情要就此打住就容易多了。

"我该放我的 CD 吗?"安德烈亚说。

没人应声,所以她放了,结果当然很完美。我们不知道她放的是
什么音乐,但是听起来很甜美、很宁静,有时候会夹杂一些被我称为
古典乐的曲目,也许这些歌是在唱关于性或是翘臀之类的事情,但反
正我们听不懂就无所谓。我们本来不确定艾丽西亚生产时,要不要
让她妈妈陪在一旁。但如果她不在,我们可就麻烦大了。我会在鲁
夫出生前就跺脚愤怒地离开,留下艾丽西亚一个人跟她选的、会在生
产时搞得她发疯的音乐。其实我们真正需要的是父母,不是婴儿。

收缩维持在同样的频率好一会儿,然后开始慢下来,接着停止了
几个小时。护士气我们太早来,要赶我们回家,但是艾丽西亚的妈妈
拒绝接受并且对护士大吼。如果换作是我们,才不会对她吼,我们会
乖乖回家,最后艾丽西亚会落得在公车上生产。当收缩停止后,艾丽
西亚睡着了,我就是趁这时候跑去散步买可乐。

当我回来的时候,艾丽西亚还在睡。房间里只有一张椅子,艾丽
西亚的妈妈坐在那里,在读一本叫做《怀孕知识百科》①的书。我坐
在地板上,玩手机里的俄罗斯方块游戏。我们可以听到隔壁房的女
人简直是在活受罪,那声音让我反胃。有些时刻虽然什么都没发生,
但你知道永远都不会忘记。

"这没什么。"过了一会儿,艾丽西亚的妈妈说。

"什么?"

"每件事。等待的过程。隔壁房传来的声音。这都是生活。"

"我想是吧。"

---

① *What to Expect When You're Expecting*,由 Heidi Murkoff 撰写的畅销书。

安德烈亚只是试图示好,所以我没告诉她这就是困扰我的地方。我不希望生活是这个样子。我不希望隔壁房的女人发出那种声音。也不希望艾丽西亚等一下不知道什么时候又开始发出那种声音。我甚至不知道我想不想要鲁夫。

"这很有趣,"安德烈亚说,"当你有一个十六岁的女儿,最不想要的就是一个孙子。现在却发生了。这真的没什么。"

"对。"我说,因为我不知道还能说什么,除了"嗯,我很高兴这对你来说不算什么"。我想不到有什么方法能把这句话说得听起来不讽刺。

"我五十岁了,"她说,"如果艾丽西亚在我生她的年纪生产,那我就六十八岁了。我就老了。我是说,我知道你觉得我现在就已经老了,但是我还能跑,还能玩游戏……嗯,这很有趣。所以某部分的我还蛮高兴这件事情能够发生。"

"很好。"

"你心里也有一部分对这件事感到高兴吗?"

我想过这个问题。我不是不知道答案。我想说的是,不,我没有真的高兴。虽然我在未来见过自己的儿子,他似乎真的是个很不错的小子,所以要说出我其实不想要他,感觉真的很糟。但我根本不像个父亲,我太年轻了,不知道接下来几个小时要怎么办,更别说接下来几年的时间该怎么办。但是我没把这些话告诉安德烈亚,我能说吗?我要怎么跟她解释未来和 TH 是怎么回事?

也许这就是为什么我会被丢进未来。也许 TH 只是想阻止我说出将来可能会后悔的话。我知道安德烈亚为什么想跟我聊天。因为等待的过程让这一切看起来像是我们已经没剩多少时间说出自己的想法了,好像我们即将死在这间房里。如果这是一部电影,我会告诉

198

她我有多爱艾丽西亚、多爱我们的孩子、多爱她，然后我们会相拥而泣，接着艾丽西亚会醒过来，然后孩子就蹦出来，就这么简单。但是我们不是在拍电影，我也并不是真的爱那些人。

接下来的过程我不知道该怎么描述。之后艾丽西亚很快就醒了，收缩又开始了，而且这次是来真的。当你生产的时候，有很多东西要计算。你要算收缩之间的间隔时间，还要算几公分。产妇的子宫颈会扩张，意思是洞会开始变大，护士会告诉你已经几公分了，当扩张到十公分的时候，就准备要生了。我还是不大确定子宫颈是什么东西。这东西似乎不会在日常生活中出现。

总之，艾丽西亚顺利达到十公分，然后她的叫声听起来不再像是驴子，比较像狮子，像是眼睛被棍子插到的狮子。她非常生气，不只是叫声听起来生气，她是真的生气了。她把我跟她妈还有我妈都骂了一遍，连护士都遭殃。就我听来，她骂我比骂别人来得凶，这也是为什么安德烈亚要一直阻止我离开，但老实说我是真的有可能随便找个借口开溜。那里看起来不像是有什么快乐的事情会发生，比较像是会有炸弹爆炸的地方，有人的腿会被炸断，穿黑洋装的老太太开始尖叫。

有好一阵子已经可以看见婴儿的头。但我没看，我不想看。但我知道它就在那里，安德烈亚说的，这意味着孩子很快就会出生了。只不过等了很久还是没生下来，因为卡住了，所以护士只好切开某个地方。我尽量把一切描述得好像发生得很快，但其实直到切开之前，一切都进行得很缓慢。但是当护士切开——不管她切开的是什么——婴儿就这样滑了出来。他看起来很可怕，身上覆盖了一层东西，血、黏液，我想甚至可能还有艾丽西亚的粪便，而且脸都压扁了。如果不是我已经在未来看过我儿子，我会认为他是不是出了什么问题。那一刻艾丽西亚笑了,而安德烈亚哭了,护士则在微笑。但我一度毫无感觉。

接着,艾丽西亚说:"妈,妈,这是什么音乐?"

我甚至没注意到有音乐正在播放。安德烈亚的 CD 已经重复了好几个小时,我的听觉早已麻木了。我得盯着音响,才听得到有个男人在唱一首很慢的歌,还弹着钢琴。我平常不会听这种音乐的。我平常听的音乐很适合滑板,但绝对不适合生小孩时听。

"我不知道歌名,"安德烈亚说,"但是歌手的名字是鲁弗斯·温莱特。"

"鲁弗斯。"艾丽西亚说。

我不知道为什么这段对话比刚刚小孩滑出来更让我感动,但真的,我失控了。

"你在哭什么?"艾丽西亚说。

"因为我们刚刚有了小孩。"我说。

"拜托,"她说,"你现在才发现?"

事实是,没错,我现在才发现。

鲁夫出生大约一小时后,我妈来了。一定是安德烈亚打电话给她,因为我没有。我忘了。我妈气喘吁吁地出现,她非常兴奋很期待要抱外孙。"他在哪? 他在哪? 让我看看他。"她说。

她说话的声音很有趣,故意装出很迫切的语气,但只是用假装来掩饰。看得出来她是真的很急着想抱外孙。她没看着艾丽西亚,也没看着我或是安德烈亚——我不是说她连一眼都没看,是说没看着我们的脸。她的眼睛环顾房间四周找寻任何可能是婴儿的小包裹。最后她找到我胸前的包裹,把他从我身上抓走。

"哦,我的天啊,"她说,"是你!"

我一开始不了解妈在说什么。我以为她说"是你!"就像跟一个常听人提起但从没见过,或是跟一个你很久没联络、没预期会见到的人见面时那样。我以为她只是很激动罢了,但她的意思是鲁夫看起来跟我一模一样。安德烈亚才说过他长得像艾丽西亚,还有里奇,还有她家族里其他十五个人,所以我不清楚他们说的话到底值不值得相信。我想应该不值得相信,至少那段期间不可信,因为他们濒临疯狂。他们说话的速度很快,笑个不停,有时甚至笑声还没停止就开始哭了起来。所以不管任何事情,这时候他们都无法给你什么诚实的意见。

我妈先是紧抱着他,然后又把双手伸直举着,好再看看他。

"生产的过程如何?"她说,但她的视线没离开过婴儿的脸。我让艾丽西亚解释关于收缩停止,还有止痛药跟婴儿卡住的过程,我只是在一旁听着,一边听一边看着她们,突然对她们的身份混淆。艾丽西亚似乎比我妈还老,因为她已经生完孩子,我妈还有几个月才要生,不管我妈问她什么问题,艾丽西亚都答得出来。所以我妈像是艾丽西亚的妹妹,我的小姨子。这很合理,因为安德烈亚看起来比我妈老多了,所以很难想象她们俩是鲁夫的奶奶和外婆。安德烈亚比较像我妈的妈妈。而我不大清楚我是谁。不知道自己跟这间房里任何一个人的关系是什么,这种感觉很诡异,特别是你明明跟他们每一个人都有关系。

"他叫做鲁弗斯。"我说。

"鲁弗斯,"我妈说,"哦,好。"

看得出来她不喜欢这名字。

"他出生时有个叫做鲁弗斯的人在唱歌。"我解释。

"那有可能更糟,不是吗？他可能叫做凯莉,或是酷玩。酷玩·琼斯。"

至少我妈是第一个这样做的人。接下来几个礼拜,这个笑话我大概听了上万次。"有可能更糟,不是吗？他可能叫做史努比,或是北极猴。北极猴·琼斯。"或是麦当娜,或是性手枪,或是五角,或是夏洛特。他们通常会选择女歌手或是乐团的名字,有时候也会选饶舌歌手的名字。他们说完乐团名字之后,总是会把姓加上去,他们只是想知道组在一起会有多好笑。"或是性手枪·琼斯。"他们不会在女歌手名字后加上姓,因为那没那么好笑。"或是夏洛特。夏洛特·琼斯。"夏洛特·琼斯只是个正常的女生名字,对吧？没什么好笑的。总之,他们常开这种玩笑,我总觉得我得意思意思笑一下。最后我不再告诉人们他为什么叫做鲁弗斯,因为我担心我最后会爆发,把某个人的头刺出一个洞来。

但琼斯这两个字,引起了安德烈亚的注意。

"或是伯恩斯。"她说。

我妈没意会过来,我想是因为伯恩斯也是一个单词,就像"跑步",或是你知道的,"呕吐"。当你听到"伯恩斯"这个词,你会先想到燃烧,然后才会想到艾丽西亚的家人①。除了我们以外,我们现在会先想到艾丽西亚的家人,但以前的我们跟大部分正常人一样,都会先想到燃烧。

"你说什么？"

"伯恩斯,"安德烈亚说,"酷玩·伯恩斯。"

关于鲁夫要姓什么,安德烈亚非常认真看待。我们从来没谈过

---

① 伯恩斯(Burns)在英语中有"燃烧"的意思。

这问题,迟早要谈的,不过他出生一小时就谈也未免太快了。虽然这是个严肃的话题,但她说话的方式让人很难不笑出来。她太专注在姓氏的议题上,所以把"酷玩·伯恩斯"说得好像这是个很正常的名字似的。

"你说酷玩·琼斯,但他应该是叫做酷玩·伯恩斯才对吧?"

我看了看艾丽西亚的眼神。她也很努力不笑出来。我不知道我们为什么不能笑。也许是因为我们看得出来他们都是认真的,但如果真的小声地咯咯笑,也许可以阻止这段对话。

"除非接下来几个礼拜艾丽西亚跟山姆结婚,然后艾丽西亚冠夫姓,但这两个情节看起来都非常不可能发生。"

我妈礼貌性地笑笑。

"我想在这种情况下,人们可以自行选择姓氏吧?总之,我们不需要现在争论这个。"

"我认为没什么好争论的吧?我确定我们都想让这孩子从一出生就享有最好的生活,而且……"

哦,天啊。艾丽西亚跟我曾为了她妈妈吵过架。艾丽西亚说她妈妈其实人不错,只是偶尔说话不经大脑。我不知道她这样说合不合理。我的意思是,很多人说话都不经大脑,这我明白。但究竟是不是好人,还是取决于说出来的话,对吧?因为,你知道,如果不经大脑发表种族歧视的言论,那表示你一定是个种族主义者,不是吗?因为这表示你得时时刻刻提醒自己别说出种族歧视的言论。换句话说,种族主义一直都在你心中,你需要用大脑去抑制它。安德烈亚不是种族主义者,但她是个势利眼,她需要用力思考才能阻止自己说出势利的话。她刚说的那句话是什么意思,什么叫做鲁夫需要最好的生活?答案显然很清楚,这句话没有任何意义。他叫做酷玩·琼斯或

203

是酷玩·伯恩斯根本不重要。名字叫做酷玩显然会是个问题,哈哈。但姓什么应该没差吧? 伯恩斯先生念起来也不会比琼斯先生更高贵。

但她在意的不是念起来高不高贵。她在意的是家庭,对吧? 她要说的是鲁弗斯·琼斯会在十六岁时辍学成为父亲,然后找到一个烂工作,中学也没毕业,可能还会开始嗑药。但是鲁弗斯·伯恩斯会……我不知道,会去上大学,然后变成医生或是首相什么的。

"抱歉,"我妈说,"你能解释一下吗?"

"我以为很明显,"安德烈亚说,"我无意冒犯,但是……"

"无意冒犯?"我妈说,"你怎么会觉得你是无意的? 你要说的话怎么可能不冒犯?"

"我不是要评论你的家庭,"艾丽西亚的妈妈说,"我只是在谈事实。"

"关于这孩子有什么事实好讨论?"我妈说,"他出生还不到一个小时。"

这就像恐怖电影,或是《圣经》里的故事情节。有一好一坏两个天使在争夺这个小婴儿的灵魂。我妈是好天使,我可不是因为她是我妈才这么说。

就在此时,在安德烈亚还没来得及告诉我们这孩子所谓的事实之前,艾丽西亚的爸爸走了进来。他看得出气氛不大寻常,因为他说"哈喽"的时候口气小心翼翼的,好像这句话会让谁爆炸似的。

"嗨,罗伯特,"我妈说,她站起身亲了罗伯特的脸颊,把鲁夫交给他,"恭喜。"

罗伯特抱了鲁夫一会,眼眶泛着泪。

"生产的过程如何?"罗伯特说。

"她很棒。"安德烈亚说。

　　"是你。"罗伯特说,这次我知道这句话是什么意思。意思是这孩子跟艾丽西亚像是一个模子出来的。

　　"他有名字了吗?"

　　"鲁弗斯,"我说,"鲁夫。"

　　"鲁夫?"艾丽西亚说,她笑了,"我喜欢。你怎么想到的?"

　　"我不知道,"我说,"我以为……"我本来要说,我以为每个人都这么叫他,但我打住了。

　　"鲁弗斯,"她爸说,"很好,很适合他。"

　　"鲁弗斯·琼斯。"艾丽西亚说。

　　你不需要知道这句话之后引起了多少争吵跟眼泪。总之,因为艾丽西亚的坚持,所以从那天起,他正式命名为鲁弗斯·琼斯,现在也还叫这个名字。我知道艾丽西亚想借此对我跟我妈表达些什么。我不是很确定她想说什么,但肯定是好事。

15

鲁弗斯的生日是九月十二日。如果艾丽西亚的收缩没有中途停止的话,他应该在九月十一日出生,果真如此就不大妙了,真的。我想自从"9·11"事件之后,一定有很多人出生于九月十一日。总之,还有很多其他的事要烦恼,我不该去担心这件根本没发生的事情。

九月十三日,我搬进艾丽西亚家。她午餐后直接回来,我则先回家拿点东西,然后妈跟马克载我过去。我整天都一直有点不舒服。我猜一定是因为想家,但我又怎么会知道呢,毕竟我从来没有长期离家过。我跟我妈一起出门度过假,我在黑斯廷斯待过一个晚上,我离家的经验就这么多。

"你只是去看看是怎么回事,"妈说,"不是永远,知道吗?没有人要你一直住在那里直到……你知道的……直到,嗯……很久。"我不怪她没把话说完。因为这本来就说不完。

她是对的。我心里清楚。但是多久才不算永远?几天?一个礼拜？一年？

我记得我爸戒烟时说过的话。他说："你要一直问你自己，我现在，这一秒，想要抽烟吗？如果不想就别抽。如果你可以撑过这一秒，就迈向下一秒了。你必须这样生活。"我就是这样告诉自己的。此刻这一分钟我想要回家吗？如果这分钟我可以熬过去，那就可以迈入下一分钟了。我试着先别管明天，下礼拜，下个月。

但用这种方式离家在外，这样的生活并不轻松，对吧？

安德烈亚帮我们开门，我们走进艾丽西亚的房间。一如我预期，暑假时我们重新装饰了一下。我们把《死亡幻觉》的海报取下，贴上了粉红色字母海报，所以这房间不再像过去那样一片紫了。艾丽西亚正躺在床上喂鲁夫。

"看，鲁夫，"她说，"是爸爸。他来跟我们一起住了。"

我想她是试着要装出可爱的声音，但并没有让我感觉好一点。如果鲁夫看看四周，然后你知道的，说一声"万岁！爸爸！"的话，会让我感觉好些。但他没这么做，因为他才出生一天。

"是过来陪你们。"我妈说。

"是跟我们住。"艾丽西亚说。

很多事我都觉得没什么好争论的。在学校，你会听到很多关于谁老是想跟谁上床的八卦。阿森纳想上切尔西。切尔西想上阿森纳。我心想，你知道的，就让他们互相玩弄好了。反正这样一来就扯平了，现在这里也是同样的情况。没有人知道未来会怎样，我想，不如就顺其自然吧。这想法对我来说很新鲜，因为过去有一半的时间我都在纳闷，烦恼未来会如何。

房间容纳不下所有的人，但没有人有要出去的意思。妈跟我坐在床尾。安德烈亚逗留在门口，马克靠在门边的墙上。没有人说话,我们都假装在看鲁夫喝奶,意思就是大家都盯着艾丽西亚的胸部。如果是妈或是安德烈亚这倒无所谓,但如果是男的,事情就困难多了。在英国生育联合会上课时,我已经练习过如何避免盯着胸部看,但那时的对象是一张海报。艾丽西亚可是活生生的人。我看着马克,他似乎不觉得有什么好困扰的,我分辨不出他是不是装的,也许他其实很尴尬。重点是,如果你转头看别的地方——好比我刚刚做的,转头去看马克在看什么——就会透露出你脑子正在想这件事情,那样就尴尬了。所以,不管怎么做都觉得不对。

"他现在很不安,"艾丽西亚说,"我想这里太多人了。"

"我去外面等。"马克迅速地说,所以我知道他一定是看够天花板了。我妈跟安德烈亚则似乎没听见。

"我也是。"我说。

"你不用走,"艾丽西亚说,"**你住在这儿。**"

我妈什么都没说,但我看得出来她还在想这件事。她满脑子只想这件事,显然没意识到艾丽西亚只是客气地暗示谁该离开,而谁该留下。

"我说,你住在这儿。"艾丽西亚又说了。

"我也是。"安德烈亚说。

"不,你不住这儿,"艾丽西亚说,"你不住在这间房。"

"山姆也不住这儿,"妈说,"他只是来这待一阵子。"

"我想艾丽西亚的意思是,"我说,"除了我以外,你们最好都离开。"

"还有鲁夫。"她用娃娃音说话。

"我听得懂暗示。"我妈说。这很好笑,因为还得有人告诉她,她才知道对方在暗示。"晚点打电话给我。"妈说,然后她亲了我的脸颊。

接着妈跟安德烈亚把门带上离开。

"终于,"艾丽西亚说,"我们来了,鲁夫。妈妈跟爸爸。我们是一家人。"然后她笑了。她很兴奋。我的午餐开始在胃里翻滚,好想跟着妈、跟着马克一起回家。

我没带多少行李,只有几袋牛仔裤、T恤还有内衣裤。我倒是带了TH的海报,当我把它放到床上时,我发现那是个错误。

"那是什么?"

"什么?"

"床上的那个。"

"这个?"

"对。"

"哦,就,你知道的。鲁夫喝奶还顺利吗?"

"还好。不对,我不知道。"

"你不知道什么?"

"我不知道那是什么。那张海报。"

"哦,只是……"我已经问过鲁夫进食的情形。除了回答她想知道的事情,好像没有其他事情好说了。

"这是托尼·霍克的海报。"

"你要贴在这里吗?"

"哦,贴在这儿?我还没想过这个问题。"

"那你干吗带来?"

我能说什么?我从没跟艾丽西亚提过TH的事。她现在也还不知道。而那一天,也就是我搬去跟我女友和我儿子同住的那天,并不

209

是告诉她这件事的好时机。

"妈说如果我把它留在家,就要拿去丢掉。我会把它放在床底下的。"

它就这样被放在床底下,只有在我需要它的时候才会拿出来。

16

半夜醒来。我不在自己的床上,床上躺了另外一个人,还有一个婴儿在哭。

"哦,妈的!"我认得这个声音。我旁边躺的是艾丽西亚。

"该你了。"她说。

我什么都没说。我不知道我人在哪或是我处在什么时空,也不知道"该你了"是什么意思。我正梦到我在参加一个在黑斯廷斯举办的滑板锦标赛。参赛者得沿着我下榻旅馆前的阶梯滑上滑下。

"山姆,"她说,"醒醒。他醒了。换你了。"

"好。"我说。现在我知道"换我了"是什么意思,也知我在哪、在什么时空。鲁夫大概三个礼拜大了。我们不记得有什么时间他不在我们身边,因为每晚入睡时都累得像是几个月没睡觉;而且睡个一两个小时就醒了,运气好的话可以睡到三小时,每次半夜醒来我们都搞不清楚身在何处,或弄不清楚声音从哪传来的,我们总得重新回想一切。这实在很怪。

"他不可能又饿了,"她说,"他一小时前吃过了,我没奶水了。所以应该是要帮他拍背打嗝,不然就是尿布脏了。他几个小时没换尿布了。"

"我老是搞得一团乱。"我说。

"你比我厉害多了。"

是真的。两件事都是真的。我老是弄得一团乱,但还是比艾丽西亚厉害。我喜欢这种感觉。我本来以为她会比我行的,但她似乎连尿布都包不紧,鲁夫的大便老是从尿布漏出来沾到连身背心。我躺在床上,对自己的表现感到很满意,打算继续睡。

"你醒了吗?"她说。

"不是很清醒。"

她用手肘狠狠撞了我一下,不偏不倚地打在我的肋骨上。

"啊!"

"现在醒了没?"

"醒了。"

我一度想不出为什么肋骨上的痛似曾相识。然后我想起在我被扔进未来的那晚,艾丽西亚也这样打了我。那一个晚上就是这个晚上。我终于赶上进度来到这一天。一切都似曾相识,但也都改变了。

艾丽西亚打开床头灯,好看看我是不是醒了。我记得上次在未来看到她的时候,我觉得她看起来很糟糕,但现在看来倒还好。她一脸倦容,脸部浮肿而且头发油腻,但她这副模样已经好一阵子,我习惯了。我看得出来她变了,但其他事情也不同了。如果她还是跟过去一样光鲜亮丽,我想我也许不会这么喜欢她,因为那表示她没有认真照顾鲁夫。

我起身下床。我穿了一件艾丽西亚的 T 恤,还有我那天早上穿的平脚裤,天知道到底是哪天早上。婴儿睡在床尾的一个小摇床里,哭得满脸通红。

我弯下腰把脸凑近他。上次我一无所知,那时我是用嘴巴呼吸,免得闻到任何味道,因为那时我还不知道婴儿的大便其实不难闻。"对,他该换尿布了。"

在上次的未来里,虽然我确定鲁夫该换尿布了,但假装他不需要换,现在我不需要假装了。我把他放在尿布桌上,把他睡衣跟背心的扣子打开,把衣服拉高,打开尿布,帮他擦拭干净。然后把尿布折起来,放进袋子里,换上一片新的尿布,再帮他把扣子扣起来。小事一件。他在哭,所以我把他抱在胸前轻轻摇晃,他便静了下来。我知道该怎么抱他而不会晃到头。也对他唱了点歌,一些随口瞎掰的歌。我想他挺喜欢的。至少我唱歌的话他会比较快入睡。

艾丽西亚回去睡了,剩我一个人在黑暗里,胸前还抱着我儿子。上一次,我很困惑,一个人在黑暗里问了自己很多问题。我还记得我问了什么。没错,我现在在住这,我们日子勉强过得去。我们常惹恼对方,但是婴儿会分散我们的注意力。我是什么样的爸爸?目前为止还不算太糟。我跟艾丽西亚处得如何?还不错,但感觉我们像是在学校,两人一组没日没夜地研究某个生物计划。我们从来没有好好看着对方,只是并肩坐着,盯着我们的实验。鲁夫可不像什么被解剖的青蛙或是别的什么。首先,他活蹦乱跳的,而且每分钟都在改变。还有,你不会为了一只被解剖的青蛙而多愁善感,除非你心理变态。

我把鲁夫放回摇床里,然后爬回床上,艾丽西亚把手环绕着我。她的身体很温暖,我往她身边靠拢。鲁夫突然开始喘气,接着打呼噜。我注意到一件事,就是鲁夫的声音似乎让这房间显得更安详。

213

没想到婴儿的声音还有这等作用,对吧?你会认为要让一间房在深夜时显得安详的话,唯一的方法是不能有人发出任何声音。但我想是因为你太害怕婴儿会突然停止呼吸,所以他鼻塞还有喘息的声音,听来都像是自己的心跳,让你知道这世界一切都正常如昔。

"你是真的爱我吧,山姆?"艾丽西亚说。

我记得上次在未来的时候,我不发一语,但现在懂得更多了。

"爱,"我说,"当然爱你。"

我还是不知道我是不是真的爱她,但我知道如果我说出口,这件事就更有可能成真,因为她会因此更喜欢我,而我也会更喜欢她,最后我们可能会彻底爱上对方,果真如此,我们的生活会更单纯。

说来好笑。去过未来之后,你心想,嗯,我现在什么都知道了。但就像我之前说过的:如果你没有真正体会过这些事情,那么其实你还是一无所知。我之前拜访的那个未来,看来虽然很可怕,但真正生活在其中之后,我发现其实也没那么糟。

在我这样下定决心过后大概三小时,一切就开始出错了。

那天早上我去大学上课,大概是这三个礼拜的第三次,上一次是鲁夫出生后一个礼拜。那天我打架。我从没跟人打过架。我从来没被欺负过,也没欺负过别人,我对学校里的任何事从不关心,所以没什么理由打人。

我在教室外跟中学母校的一个小子聊天,有一个抹了发胶的小子朝我们走来,然后就站在那听我们说话。我点头打了招呼,但他似乎不大友善。

"你他妈点什么头?"他说,然后模仿我点头,但他的动作看起来比较像是一个身心障碍者试着用头去撞别人肚子,"你什么意思?"

我当下就知道,我势必跟他打场架。反正我知道我一定会挨揍。我不确定我会不会反击,如果不反击就不算打架了,只能说是被揍。我不知道他为什么要打我,但这个结局显然是避免不了。你闻得出挑衅的味道。就算他想平静下来,也无法控制自己,况且他根本不想。

"总之,"他说,"谢谢你照顾我的孩子。帮我省了点儿钱。"

我花了点儿时间才想通他在说什么。谁是他的孩子?我心想。我什么时候照顾别人的孩子了?

"那是我的孩子,你知道的,难道你不知道吗?"

"抱歉,我不知道你……"

"对,你他妈的知道得不多,没错吧?"

我希望他能问我一些正常的问题,那我至少知道该怎么回答。我的意思是,刚刚那个问题我可以答说不是,但显然我是真的知道得不多。如果我说不是,我看得出来,并不会为我带来什么好处。

"他甚至不知道我在说什么。"他对我母校的同学说,"艾丽西亚的孩子,你这笨蛋。她跟你说那是你的孩子。"

啊,对。

"你到底是谁?"我说。

"我是谁并不重要。"他说。

"嗯,"我说,"如果你是艾丽西亚孩子的父亲,那你是谁就很重要了。首先,我确定艾丽西亚会想知道。还有我也想知道。你叫什么名字?"

"对她来说可能不重要。她是个公车,根本不记得。"

"那你怎么那么确定是你的孩子?有可能是任何人的。"

虽然我只是指出一个明显的事实,但不知为何这句话似乎触怒了他。他的话不合逻辑,不过这句惹恼他的话也没多少逻辑可言就是了。

"那来吧。"他说,然后向我靠近。因为他不是很聪明,所以我非常确定他很会打架,而我将会被打得很惨。我打算先让他出手,这样一来我可以跟艾丽西亚说我只是为了反击才动手。我抬起脚,结果他逼近的时候刚好正中他的下体。那真的不算是我踢他,反而比较像是他自己把身体靠过来让我踩,因为我是整个鞋底踏在他的身上。

就这样。他蹲下身抱着自己的下体咒骂,他甚至像世界杯足球选手一样在地上打滚。我不敢相信。如果你这么不堪一击,怎么还有胆找别人单挑?

"你死定了!"他说,但他这么说的时候正倒在地上,所以不是很吓人。而且那时有些人跑过来看热闹,还有人在笑他。

老实说,我想踢他还有另一个原因。不只为了想告诉艾丽西亚我有反击,我想踢他也是因为我相信他说的事。我认为这男的应该是艾丽西亚跟我在一起前约会的男生,当我想到这儿,每件事都拼凑成完整的真相。艾丽西亚没有因为他逼她做爱而甩了他。那不合理。你怎么会因为一个人逼你跟他做爱而分手,然后随即又跟另一个人上床?然后……妈的!该死!我这个容易受骗的呆子……是艾丽西亚在交往不久就提议不戴安全套做爱的,对吧?为什么?哪来的这种想法?她说她想更完整地感觉我,但事实是,她已经开始担心怀孕了。而那男的已经甩了她!所以她得尽快找个蠢蛋当冤大头!现在这一切都合理了。我不敢相信我过去有多盲目。这种剧情一天到晚上演,男人发现他女友的孩子不是他的。这可能每次都是如此。看看《东伦敦人》就知道了,几乎没有人能肯定自己孩子的生父是谁。

所以,下课后我直接回家跟艾丽西亚吵了一架。

216

"今天学校如何?"艾丽西亚说。她躺在床上,一边喂鲁夫一边看电视。生下孩子后的头几个礼拜,她几乎每天就只做这些事情。

"你觉得呢?"我说。

艾丽西亚看着我。她看得出来我心情不好,但不知道是怎么回事。

"什么意思?"

"我跟人打架了。"我说。

"你?"

"对,我。有问题吗?"

"你不是那样的人。"

"我今天是。"

"怎么回事? 你还好吗?"

"还好。不是我开始的。是他向我走来,我踢了他一脚然后……"我耸耸肩。

"然后什么?"

"没有然后。就结束了。"

"就踢了一脚?"

"对。"

"那他是谁?"

"我不知道他的名字。你可能知道。他说他是鲁夫的爸爸。"

"他妈的杰森·葛尔松。"

"所以你知道我在说什么?"

我感觉身体的某部分快吐出来了。应该是我的胃。另一部分的身体则想着,就这样,我脱身了。这是别人的孩子,我可以回家了。这跟我脑中的想法比较连贯。

"你可以解释一下他妈的杰森·葛尔松是谁吗?"我平静地说,但内心可一点都不平静。我想杀了她。

"我在你之前交往的对象。那个一直想跟我上床,所以被甩了的人。"

如果是在其他时间点,这句话听起来可能会很有趣。那是多久以前的事? 不到一年? 而此时此刻,那个告诉我因为对方想跟她上床而跟他妈的杰森·葛尔松分手的女孩,正躺在床上喂母乳。

"你怎么知道是他?"

"因为我知道他跟你上同一所大学,而且是个讨厌鬼。那句话听起来就像是他会说的。我很抱歉,宝贝。你的感觉一定很糟。"

"但还蛮巧的,对吧?"

"什么?"

"正合适。"

"什么正合适?"

"我不知道。假设你怀孕了,假设把你肚子搞大的男人甩了你,你得赶快找到一个男朋友,好假装那是他的孩子。然后你马上跟他上床,接着你对他说:'来啊,我们试试看不要戴安全套,就一次。'然后……"

艾丽西亚看着我。我甚至话都还没说完,她就哭了。我不敢回头看她。

"你是这么想的吗?"

"我只是假设。"

"你假设什么?"

"没什么。"

"听起来不像是没什么。"

218

"我只是说出事实。"

"好。那我们就来谈事实。我们什么时候认识的?"

我想了一下。我明白她为什么这么问。我没说话。

"大概一年前,没错吧? 我们是在我妈的生日派对上认识的,下个礼拜就是她的生日了。"

我在回家的路上怎么没想过这些? 怎么没算算看? 如果我有算过,可以替自己省下很多麻烦。

"那鲁夫几岁?"

我耸耸肩,在她看来,这举动一定像是在说我不知道。

"他三个礼拜大。所以除非我怀孕十一个月,否则他不可能是杰森的孩子,不是吗? 除非你认为我同时跟你和他上床。你是这么认为的吗?"

我又耸耸肩。每耸一次肩,就让事情陷入对我来说更糟糕的局面,但麻烦的是,关于杰森那场打架,还有他说的话,我还是感到很生气,我不想让步。虽然现在显然是我搞错状况,但我回不了头。我的方向盘不见了。虽然说关于艾丽西亚怀孕月份的那番话应该能让我清醒的,但是没有。

"所以我要利用什么时间跟他上床? 早餐前吗? 因为我每天下午和晚上都跟你见面。"

我又耸了一次肩膀。

"总之,"艾丽西亚说,"如果你对我的信任只有那么一点,那说什么都不重要了,不是吗? 我最伤心的就是这一点。"

现在也是道歉的好时机,但我还是没这么做。

"我想你是希望所有的事情都不合理最好。"

"什么意思?"

"好让你恢复自由,不是吗?"

"什么意思?"

其实我什么都懂。但每次不知道该说些什么,我就会这样问。

"我知道你不想待在这里,我知道你希望我叫你回家找你妈。我很惊讶你居然还跟杰森打架,你应该会想亲他……"

"我他妈的才没有……"

"哦,看在老天的分上!"她大喊,**"我知道你不是同性恋!"**

"你们还好吗?"门外传来安德烈亚的声音。

"走开! 我不是说你爱他,你这白痴。天啊! 我就知道你会这么说。你太可悲了。你会想亲他是因为,如果他是孩子的父亲,你就不需要继续待在这里了。"

哦。这几乎完全命中我的想法。我没跟她解释我之所以踢杰森,或是说我之所以踩他,只不过是因为他向我走来,并不是因为他说他是鲁夫的爸爸。

"那不是真的,"我说,"我很高兴鲁夫是我的孩子。"

我不知道什么是真、什么是假。这一切太复杂了。每当我看着我们漂亮的宝贝,我都很惊讶他竟然是我的孩子。没错,我很高兴鲁夫是我的孩子。但是当他妈的杰森·葛尔松说那些事情时,我真的想亲他,当然这跟同性恋无关。所以说,不,鲁夫是我的孩子这件事我根本不高兴。我过去从没有过这种争论,这种我无法完全理解的争论,正反两方同时正确却也同时错误的争论。感觉好像一觉醒来,突然发现自己踩着 TH 的滑板站在巨型的斜坡顶端。我纳闷自己是怎么上来的? 我没受过这种训练! 放我下来! 短短十秒内我们争论的主题从想看哪一部电影变成我们生活的意义。

"你认为只有你的生活被搞砸了吗？你认为反正我本来就没有人生可言，所以无论我有没有小孩都没影响？"艾丽西亚说。

"我知道你有你的人生。你跟我说过。你说过想当模特儿。"

当你踢到，或者说踩到一个人的地雷，当下你会心想，我为什么要这么做？嗯，刚才那句话脱口而出的瞬间我正有这种感觉。我为什么要这么说？我知道艾丽西亚为什么告诉我她想当模特儿，她这么说只是想知道我是不是迷恋她。况且那是很久以前的事情了，那时我们刚开始认识对方，试着对彼此友善，说了一大堆的傻话。你万万不该从一段友善的谈话中截取部分内容，然后随手丢到一段令人难受的谈话中。本来分别是一段好回忆跟一段坏回忆，如此一来会变成两段很糟糕的回忆。我还记得当时我搞懂艾丽西亚对我说这些是什么意思的时候，我有多高兴……嗯，这就是麻烦的地方，对吧？这让我不想再去回忆了。

我的话没有什么意思。好吧，其实我知道那样说很糟，我这么说是为了伤害她，但我是直到说出口后才意识到这句话为什么这么伤人。艾丽西亚躺在那里哭泣，我想一些她之所以哭泣的理由。

1. 听起来好像我在取笑她，像是我认为她永远不可能漂亮到足以当模特儿。

2. 听起来像是我在嫌她笨，因为我们在讨论她的未来时，当模特儿是她唯一想得到的志愿。

3. 听起来像是我在笑她现在又胖又满脸油光，怎么看都不像模特儿。

"很好笑，是不是?"当艾丽西亚的哭声和缓后她这么说，"我爸妈认为你搞砸我的人生,是你拖我下水。我还一直处处维护你。你跟你妈却认为是我搞砸你,拖你下水。我知道我永远不会成为,你知道的,火箭科学家或是伟大的作家或是任何我爸妈认为我能成为的人,但我会有所成就。我不是说什么了不得的大事,但至少我会完成些什么。你认为我现在有什么机会?看看我!你在学校跟人打架,那又怎样?至少你今天去了学校。我去了哪里?厨房跟后院。所以不要再说了好吗?别再说我毁了你的人生。你还有一半的机会。我呢?我有什么?"

这是这几个礼拜以来她对我说最多话的一次。甚至是几个月以来最多的一次。

在过了很久之后,我终于冷静下来,我不停地道歉,我们拥抱然后亲吻。我们很久没那么做了。那是我们第一次吵架。有了第一次之后,后面几次就容易多了。

艾丽西亚跟鲁夫都去睡觉了,我拿着我的滑板出去了一会儿,当我回来时,我妈坐在餐桌前,鲁夫坐在她的腿上。

"爸爸来啰,"我妈说,"艾丽西亚帮我开门的,但她出去散步了。我要她出去走走。我觉得她看起来有点憔悴。这里只剩我们了。"

"就我们三个,"我说,"那很好。"

"大学如何?"

"还不错。"我说。

"艾丽西亚跟我说你碰到了点麻烦。"

"哦,"我说,"那个。那没什么。"

她看着我:"你确定吗?"

"对。我发誓。"

我说的是实话。那真的没什么。

17

在打架跟吵架事件过后几天，我爸打电话来说要带我出去吃饭。鲁夫出生那天他打过电话给我，但还没来看过宝宝。他说他工作很忙。

"你想要的话可以带宝宝一起来。"他说。

"带去餐厅？"

"儿子，"他说，"你是知道我的。我几乎没有从过去的经验学到什么，所以我不能给你什么建议。但我知道一件事情，就是如果你是个年轻的父亲，你在酒馆会比较容易有人招待。"

"为什么在酒馆会没人招待你？"

"不是我，你这白痴。我是说你。你未成年。但如果你带了一个宝宝，就没人会多问什么。"

我懒得告诉爸如果有大人陪同，我本来就可以在餐厅喝酒。妈总是让我在晚餐时喝点酒，好让我学会如何节制地喝酒。如果他就只能给我这么一个建议，那告诉他这个建议没什么用，肯定会伤了他的心。

我一直等到没有人在的时候,才把 TH 从床底拿出来,靠着海报背后残留的万用黏土把他贴在墙上。粘得不是很牢,海报稍微卷了起来,但至少一直到我跟他说完我爸要来了这件事为止,都还没脱落。

"对我爸来说,做任何能帮助孩子的事情是很自然的,但是当他成立全国滑板协会时,他真的超越了自己。"TH 说。

我跟 TH 聊天时,他很少开玩笑,但这笑话挺好笑的。我是说,这段话在书里不是笑话,他爸是真的因为他儿子是滑板选手,而成立了全国滑板协会。但这段话放到对话里就挺好笑的。因为就算是我冷了,我爸也不会帮我生火取暖。

"好,对,"我说,"但我爸不是那种人。我爸……"我真的不知道该从何说起。要我说出我爸讨厌欧洲人这种事还挺尴尬的。

"献给弗法兰克跟南希·霍克——感谢你们永远的支持。"TH 说。《霍克——职业:滑板选手》的开头就这样写着。虽然 TH 的父亲已经过世了,但"永远的支持"这几个字,显示 TH 还是常常想着他。

"如果我要写一本书,我绝对不会提起我爸,就算是自传也不会。"我说,"我会说:'我生下来就只有妈妈。'"

"我是个意外;我出生时,我妈四十三岁,我爸已经四十五岁了。"TH 说。

TH 知道我也是个意外。他也知道我爸妈的情形跟他爸妈刚好相反。

"等我爸四十五岁的时候,我已经……"我用手指算了算,"二十八岁了!"

"因为我出生时我父母年纪已经颇大了,已经过了当父母的年纪,他们反而比较像我的祖父母。"TH 说。

"我爸没老到可以当爸,更别说当祖父。"我说。

"我们把他的骨灰撒在海里,但我留了一点下来。"TH 说,"我跟我哥哥最近把剩下的骨灰撒在家得宝建材店四周。"

TH 的爸爸死于癌症。这是书里最伤感的部分,但我不懂他为什么要告诉我这些,我们现在应该要聊我爸有多没用才对。

"我很抱歉。"我说。我不知道还能说什么,所以我把海报从墙上取下来,放回床底。

之后爸来了,他跟艾丽西亚打了招呼,跟每个愿意听他说话的人说,这孩子长得跟我一模一样,我们把鲁夫放进他的篮子里,带他去海布里公园附近的意大利餐厅。餐厅后方有长皮椅的座位,我们把篮子放在椅子靠走道那端。很多人走过来看他。

"他们可能以为我们是一对,而鲁夫是我们收养来的。"我爸说。他的意思是说我们看起来年龄相近,但其实并没有,当时没有,现在也还是没有。

他点了两杯啤酒,然后对我眨眼。

"嗯,"当酒送来的时候他说,"我跟我儿子还有他儿子一起喝啤酒。我儿子跟我孙子。真他妈的该死。"

"感觉如何?"我说,只是没话找话说。

"没有我想得那么糟糕,"爸说,"可能是因为我还不到三十五岁。"他往隔壁桌看去,有两个女生边吃披萨边笑。我知道我爸为什么往那边看。

"你看到那两个女的吗?"他说,"我不会为了你放弃她们其中任何一个。"

225

如果你从另外一个星球来访,就算你学会我们的语言,大半时间还是会听不懂我爸在说什么。但你很快就会了解的。他要不是说他没钱,就是在说他看上了谁,或者说欧洲人的坏话。对以上这些事情他有上百万种说法,对其他事情却几乎一种都没有。

"哦,"他说,"那是我另外一个建议。没什么比带个宝宝更有吸引力了。"

"对,"我说,"谢谢。"

那两个女孩似乎对我们或是对鲁夫一点点兴趣都没有。

"我知道你在想什么,"他说,"你在想,你这老不死,我为什么会想知道这些? 我有女朋友了。但总有一天会派得上用场的。"

"等到那时候,鲁夫可能已经不是婴儿了。"我说。

他笑了:"你真这么想?"

"谢谢。"我说。

"别误会我。艾丽西亚是很可爱的女孩。他们一家人看起来很好。但是……"

"但是什么?"他真的快把我给气死。

"你跟艾丽西亚注定会失败的,我有说错吗?"

我把啤酒杯重重放在桌上,爸真的惹恼我了,其中一个女人——我选的那个,有一双棕色大眼睛跟一头又黑又长的波浪卷发,转过头来看怎么回事。

"你带我出来跟我说这些的重点是什么?"我说,"我现在的处境已经够艰难了。"

"不只是艰难,儿子,"他说,"是根本不可能。"

"你怎么知道?"

"哦,我猜的啦。我完全没有经历过这种事。拜托。"

"对,但你怎么知道我跟艾丽西亚会怎样？我们是不同的人。"

"你们是谁不重要。总之,不可能跟一个婴儿坐在同一个房间却不让彼此感到头痛。"

我没回应什么。吵架那天,我们的确开始让对方头痛。

"我跟你妈,最后变得像是兄妹,而且还不是往好的方面发展。我们没有乱伦那类的事情。"

我做了个鬼脸。他的笑话大多很可怕。乱伦、同志领养之类的,但他不在意。

"抱歉,但你懂我的意思。我们只是一直盯着这玩意儿看。也就是你。然后你知道的,他在呼吸吗？他大便了吗？他需要换尿布吗？那是我们唯一的话题。我们从来没有看着对方。如果当时我们年长些倒不要紧,通常在经历这些之前还有一段时间的累积,之后你也看得到未来。如果只有十六岁……我才认识你妈不过五分钟……这一切就太疯狂了。"

"你当时住哪?"我之前从没问过他们其中任何一个。我知道我们不是从小就住在现在的家,但我对我有记忆以来发生了些什么向来没啥兴趣。然而现在,那段时间似乎很值得一探究竟。

"跟她妈住,也就是你外婆。我们简直要了她的命。一天到晚哭个不停。"

"妈那天还说我跟鲁夫一样是个乖孩子。"

"哦,你乖得跟黄金一样。不是你,是她在哭。当我们发现有你的时候就结婚了,所以情况不同。压力也更大。你外婆家又很小,你还记得吗?"

我点点头。她过世的时候,我才四岁。

"但你知道的,其实差别也没那么大。不过就是一个房间,能有

227

什么不同？我要说的是，没有人期待你要一直坚持下去。但你得坚持当个父亲，否则就只剩我会理你……"我没用的爸爸竟然叫我要当一个好爸爸，我试着不笑出来。"至于其他事情……别让它要了你的命。在你们这种年纪，一段关系维持不到五分钟的，当你们有了孩子之后，会缩短到三分钟。如果你连一顿饭的时间都熬不过去，就别想要试着维持一辈子。"

我爸可能是我认识的大人里面最不明事理的。他可能是我认识的人里面最不明事理的，除了兔子以外，因为他不算个人。那为什么一整年里只有他说了像样的话？突然间，我了解 TH 为什么跟我说他爸骨灰的故事。他是试着要让我把我父亲当成一个正常的父亲对待，一个可能会对我说些有趣事情的父亲，一个可能真的能帮助我的父亲。如果 TH 在我生命的其他任何一天这么做，那会是浪费时间。但话说回来，这就是为什么 TH 是个天才，对吧？

另一方面，如果我爸没跟我说这些，也许我回家后就不会跟艾丽西亚吵架了。她想知道我们把鲁夫放在车子的哪里，我说我把他的篮子放在后座，但我们开得很慢，她就抓狂了。她说了我爸的坏话，我通常不会介意，但因为今天他帮了我的忙，所以我跳出来维护他。维护他就意味着我说了一大堆不该说的，关于艾丽西亚父母亲的坏话。

但我想我们几天后吵的架跟我爸就没什么关系了。那次是因为我坐到遥控器上却不肯动，结果频道切个不停。我不记得我为什么这么做，可能是因为我知道这样做会惹毛她。那件事的隔天，我们又吵架了，我更肯定那跟我爸无关，那次是因为有一件 T 恤放在房间地板上大约一个礼拜。那是我的错。至少 T 恤的部分是我的错。那是艾丽西亚的 T 恤，我借来穿，我脱下的时候就随手扔在地上。因为那

228

是她的T恤,我就让T恤一直躺在地上。我没有心想,哦,反正那不是我的衣服。我也没有想,哦,虽然我穿过,但因为那不是我的衣服,所以我才不要捡起来。我只是没看到而已,因为那不是我的衣服,就好像你去逛街总会自动忽略那些无趣的商店,例如干洗店、房地产中介之类的。你就是不会去注意到。这场架的结局是,房间里每件衣服都被丢在地板上践踏,就我看来,其实大可不必如此。

每件事情都失去控制。就像一个老师控制不了他的班级。一开始情况还好,然后一个麻烦发生,跟着另一个麻烦也出现,然后每天都有不同的麻烦,因为没有什么可以阻止。问题就这样一个接着一个发生。

我之所以会搬回家住,跟吵架无关。至少我们是这样宣称的。我得了重感冒,夜里有一半时间都在咳嗽、打喷嚏,当艾丽西亚需要补眠的时候,我老是吵醒她。此外,我抱鲁夫也会惹她不高兴,她怕我把病菌传给鲁夫,虽然她妈妈说这对他的抵抗力有帮助。

"你要的话,我可以去睡客厅沙发。"我说。

"你不需要这么做。"

"没关系。"

"还是你想睡床? 不然睡在里奇的房间如何?"

"好,"我说,"也许行得通。"我知道我的语气听来没有很热衷。

"不过那就在你隔壁,对吧?"我说。

"哦。你是说我还是听得到。"

"有可能。"

我们都假装用力思考。有人能勇敢一点吗?

"不然你可以回去你原来的房间。"艾丽西亚说。然后她笑了,只是要表示这个主意有多疯狂。

我也笑了,然后我假装想到什么她没想到的。

"一个晚上也不会要了我们的命。"我说。

"我懂你的意思。"

"我先回家住,直到我不会半夜都在咳嗽为止。"

"你确定你不介意?"

"我想这样做很合理。"

我那天离开之后,再也没回去了。每次我去看鲁夫,她的家人总是会问我感冒好点没。即使到现在,过了这么久之后,还是如此。你还记得我第二次拜访未来吗?我带鲁夫去打针那次?艾丽西亚说:"我真的感冒了。"然后笑了,还记得吗?她笑的就是这件事。

回家的头一个晚上我很伤心。我睡不着,因为我的房间太安静了。我需要鲁夫的呼吸声。只要他不在,感觉就不对劲,也就是说即便我人在自己的房间、这一生中几乎每晚都睡的房间,也让我觉得不对劲。我在家,但也想回家。现在我有两个家,而我无法同时出现在这两个地方。我跟我妈在一起,但不能陪我儿子。这让我觉得很怪,一直到现在还是很怪。

"你跟你爸去吃披萨的时候,他是不是跟你说了什么?"我回家几个晚上后,我妈问。

"例如?"

"我不知道,"她说,"我只是觉得有些巧合。你跟他出去,然后你就搬回来了。"

"我们是谈了一下。"

"哦,天啊!"她说。

"怎么了?"

"我不希望你听他的。"

"他还好。他只是说如果我不想可以不用住那。"

"他当然会这么说，不是吗？看看他过去的记录。"

"但你也是这么对我说。"

妈安静了一会儿。

"但我是从一个母亲的角度出发。"

我看着她，想知道她是不是在开玩笑，但她不是。

"那他是从什么角度？"

"显然不会是母亲的角度，但也不会是父亲的角度。应该是一个男人的角度。"

我突然想到鲁夫、艾丽西亚跟我，有一天也会像我跟我爸妈现在这样争吵。也许这种混乱会永远持续下去。也许艾丽西亚会永远对我的感冒怀恨在心，即使我们对某件事有相同的看法——就像我妈跟我爸现在这样，她还是会永远反驳我。

"总之，"她说，"你回来住只是因为你感冒了。"

"我知道。"

"所以这跟你爸说什么没关系。"

"我知道。"

"好。"

"嗯。"

我感冒回家的那个晚上，我一到家就马上去跟 TH 说话。我当然也把海报带回家了。

"我只是有点感冒，"我跟他说，"所以回家住几天。"

"我知道，虽然我还爱着辛迪，但我们住在两个南辕北辙的世界，"TH 说，"1994 年 9 月，我们分手了。不幸的是，我们得经历了这件事，才领悟到为人父母的重要性。"

我看着 TH。他说得很有道理，他马上就看穿感冒只不过是个借口，但我真的不需要他来告诉我为人父母有多重要。我生命里除了鲁夫还剩下什么？我他妈的平均一个月去大学上一次课，我没有时间玩板，我整天挂在嘴边的都是婴儿。我对 TH 很失望，他完全没有启发我的思路。

"我们是和平分手，"他说，"我们都很努力替莱利创造最好的生活。"

"真谢谢你啊，什么忙都没帮上。"我说。

但 TH 高明的地方就在于，他说的话总是比你所想的富有更多的含义。

18

　　网上有一大堆关于青少年怀孕的文章。我是说,不管是什么事,网络上都找得到一大堆资料,对吧？这就是网络的好处。不管你的问题是什么,网络上都找得到,这会让你觉得自己没那么孤单。如果你的手臂突然变成绿色,你想跟其他同年龄有绿手臂的人聊聊,你绝对可以找到合适的网站。如果我决定只跟瑞典的数学老师上床,我确定我可以找到一个网站是专门设计给只想跟十八岁英国人上床的瑞典数学老师。所以,在网上找到青少年怀孕的资讯并不足为奇,青少年怀孕毕竟不像有绿色的手臂那么少见。我们这种人跟他们比起来人数可多了。

　　大部分我找到的文章都是像我这样的小子在抱怨。我不能怪他们,真的,因为我们有很多事情可以抱怨。他们抱怨没地方住、没钱、没工作,就算找到工作,也得以远超过自己收入的价钱请人照顾孩子。我不常觉得自己幸运,但当我读到这些,我真的觉得自己很幸运。我们的父母绝对不会扔下我们不管。

然后,我发现一本小册子,内容都是关于青少年怀孕的一些统计,其中有些内容还是英国首相写的——例如,里头提到大部分的青少年怀孕是出于意外,这还用说!!!!!!! 有些蛮好笑的——例如,十个青少年里,有一个不记得他们前晚有没有跟人上床,如果你仔细想想,这真的挺难以置信的。我想这表示十个青少年就有一个前晚醉倒,而且不记得发生了什么。我不认为这是说他们很健忘,就像有时候你会忘记自己到底有没有把玩具收好。我想跑去跟妈说这个消息。你知道的。"妈,我知道我不该那么做,但至少隔天我还记得!"

　　我还知道英国是欧洲青少年怀孕率最糟的,对了,这意思是说我们是比率最高的。我花了一阵子才弄懂。有一度我还以为指的可能是相反的意思,是在说我们的青少年怀孕率太低,而首相要我们多加油。我还知道大概十五年后,百分之八十的小爸爸会跟他们的孩子完全失去联络。百分之八十! 也就是说十个里就有八个! 五个里就有四个! 这表示十五年后,我有可能跟鲁夫毫无瓜葛。我从没想过这点。

　　我怒气冲冲地出门,我到艾丽西亚家的时候还是很气,导致敲她家大门敲得太大力,结果安德烈亚跟罗伯特还没帮我开门前就被我惹火了。我也许不该过去的,但是那时已经快九点,艾丽西亚十点就要睡了,所以我没有多少时间冷静下来。因为我认为我不可能不去看鲁夫,我唯一会跟鲁夫失去联系的原因一定是艾丽西亚不让我见他,而且悄悄搬走了也不告诉我,所以一切都是艾丽西亚的错。

　　"你敲那么大声干吗?"安德烈亚来开门时这么说。

　　"我得见艾丽西亚。"我说。

　　"她在泡澡,"安德烈亚说,"我们刚哄鲁夫睡着。"

　　我不知道我还可不可以去看艾丽西亚洗澡。鲁夫出生那天,安

234

德烈亚同意让我进入浴室。自从那天之后，我跟艾丽西亚住在一起，然后又搬走了，虽然我们没有真的分手，或者谈过分手，但我想我们都知道结局会如何。所以安德烈亚的话到底是什么意思？我到底可不可以看到艾丽西亚裸体？首相应该在网上写关于这种问题的文章才对。记不记得前晚做了什么根本不重要。前一晚已经结束了，去计较那晚已经太迟了。我们想知道之后的那一晚，你想跟你裸体的女友或是前女友谈话的那晚，你不知道隔着一道门跟她说话时，究竟该怎么做才好。

"所以我该怎么做？"我对安德烈亚说。

"去敲门啊。"她说。

我得承认，这是个挺合理的答案。我走上楼敲了门。

"我马上就出来了。"艾丽西亚说。

"是我。"

"你在这干吗？你感冒好点没？"

"没有，"我说，只不过我很快就加上了一点鼻音，好表示我还是鼻塞，"我得跟你谈谈。"

"谈什么？"

我不想隔着一道浴室门，跟她谈十五年内我就会看不到鲁夫这事情。

"你可以出来吗？还是我进去？"

"哦，该死。"

我听到她从浴缸起身，然后门开了。她穿着浴袍。

"我以为我可以有十分钟的独处时间。"

"抱歉。"

"怎么了？"

"你要在这谈吗?"

"鲁夫在我们房间睡觉。我是说我房间。妈跟爸在楼下。"

"你想要的话可以回浴缸里躺着。"

"哦,是怎样,好让你看个够吗?"

我才待在这两分钟,她就已经快让我发疯了。我什么都不想看。我只想谈谈我到底会不会跟我儿子失去联络。我问她要不要继续泡澡,是因为我很抱歉打断了她。

"我有比你更好看的东西可以看。"我说。我不知道为什么这样说。我想我可能说错了,少说了几个字。我本来应该是要说:"我有比看你更好的事情可以做。"我很气她,而且她听起来很骄傲。我这句话的意思其实是想对她说,你没啥好骄傲的。

然后我又开口了:"比你更好看的人。"因为艾丽西亚不是一个物品。

"什么意思?"

"我说得很清楚。"

你看,我完全没想到她会往另一方面想。

"所以你已经开始跟别人约会了? 跟别的女孩上床?"

我没有马上回应。我不懂她怎么会跳到这里。

"你在说什么啊?"

"你这小人渣。'哦,我感冒了。'你这骗子。滚出去。我恨你!"

"你怎么会这么想?"我们现在都在大喊。

"你有更好的人可以看? 好啊,他妈的去看她们啊!"

"不是,我……"

艾丽西亚不肯让我说话。她只是把我推出门,然后安德烈亚跑上楼。

236

"搞什么鬼?"

"山姆跑来告诉我他跟别人约会。"

"很棒。"安德烈亚说。

"你不用想再见到鲁夫了,"艾丽西亚说,"我不会再让你靠近他。"

我不敢相信。这太疯狂了。半个小时前我还在担心十五年后会跟鲁夫失去联络,所以特地去找艾丽西亚谈这件事,结果在这十五年的头一天,我马上就跟鲁夫失去联系了。我想掐死她,但我只是转头就走。

"山姆,"安德烈亚说,"留下来。艾丽西亚,不管山姆做了什么。除非有什么非常严重的事情发生,否则你不能再像这样威胁他。"

"你觉得这还不严重吗?"艾丽西亚说。

"不,"安德烈亚说,"我不觉得。"

最后还是都说清楚了。艾丽西亚穿好衣服,安德烈亚帮我们各泡了一杯茶,我们坐在厨房的餐桌谈话。这样的描述听起来好像是场很理智的对话,但其实不是。他们让我发言,我终于有机会告诉他们,我没有跟其他人约会,也不想跟其他人约会,我也不知道为什么会冒出什么有更好的人可以看之类的话。然后我解释之所以气冲冲地跑过来,是因为首相在他的报告还是什么书里写到,我将会跟鲁夫断绝联络,而我不希望这件事发生。

"所以今天晚上艾丽西亚试着阻止你见鲁夫,其实有点讽刺。"安德烈亚说。艾丽西亚笑了,但我没笑。

"这是怎么发生的?"我说,"那些父亲怎么会跟他们的孩子失去联络?"

"事情会愈来愈困难。"安德烈亚说。

我无法想象事情会变得多困难,困难到我不再去探望鲁夫。我觉得我无法不去看他,不去看他就好像我不能看见我自己的脚一样,这是不可能的。

　　"什么事情?"

　　"你认为在你放弃鲁夫前你们还能吵多少次架?像你们今晚这样?"

　　"上百次,"我说,"好几百次。"

　　"好,"安德烈亚说,"假设接下来的十年,你们一个礼拜吵两次架。那就是一千次了。可是你们还有五年的时间得过。你懂我的意思吗?人们会放弃的。因为他们无法面对,他们会累。有一天,你可能会恨艾丽西亚的新男友。你可能因为工作的关系得搬到其他城市,甚至出国。当你回家探望,你可能会很沮丧于鲁夫竟然认不得你……理由有一大堆。"

　　艾丽西亚跟我都没说话。

　　"谢谢,妈。"过了一会儿,艾丽西亚说。

　　就像我说的,关于真正的未来,那个你不能去的未来,你其实没有什么能做的。你只能坐着等。十五年!我等不了十五年!十五年的时间,我会比现在的大卫·贝克汉姆大一岁,比罗比·威廉斯小两岁,比詹妮弗·安妮斯顿小六岁。十五年后,鲁夫可能会跟我和我妈犯同样的错误,然后变成爸爸,而我会变成祖父。

　　但事实是,除了等待我别无选择。就算能让时间快转,这么做也毫无意义,对吧?如果真的时间快转,一切要如何运作?我不能把未来十五年认识鲁夫的时间压缩成两三年吧?那没什么好处。况且就算十五年过去,我也不一定能了解他。

　　我讨厌时间。它带来的效果总是不如预期。

我回家前要求看看鲁夫。他很快就睡着了,手就放在嘴巴附近,嘴巴发出小小的呼噜声。我们三个看了他好一会儿。我心想,就这样吧。每个人都维持现在这样。如果我们都维持现在这样,什么都不说,静静看着孩子长大,那要度过这十五年就不成问题了。

19

　　我的遭遇从我口中说出来,似乎像是个故事,有开头、过程,跟结尾。我想这的确是一个故事,因为每个人的人生都是一个故事,对吧? 只不过这故事不会有结局。至少目前还没有。我十八岁,艾丽西亚也是,而鲁夫快两岁了,我妹妹才一岁,甚至连我妈跟我爸都还没变老。故事还会持续上演,我们看见的只不过是一小部分,我相信还有很多转折会发生。你可能会有些问题,我会试着回答。

　　你妈妈的孩子呢? 最后怎么了?

　　我妈的孩子叫艾米丽,跟鲁夫在同一家医院出生,不过是在隔壁房间。马克当然也在场,而我在几个小时后才带鲁夫坐公车过去。
　　"这是奶奶。"当我们走进时我说,"这是你姑姑。"妈那时已经习惯祖母的身份了,没有多少人会一边喂母乳一边被叫做奶奶的,也没有多少人会在出生两小时后就被人叫做姑姑。

240

"该死,"马克说,"真是一团混乱。"他是在开玩笑,但妈没意会过来。

"为什么一团混乱?"妈说。

"她才出生五分钟,就已经有一个比她还大的侄儿,还有两个不同母亲的哥哥,一个已经是祖母的妈妈,天知道还会有什么。"

"还会有什么?"

"嗯,没有了,可是这样已经够多了。"

"不过就只是一个家庭,不是吗?"

"一个所有人的年纪都不对的家庭。"

"哦,不要这么老古板。这种事没有什么对的年纪。"

"也许吧。"马克说。他只是为了让她开心才附和,而且婴儿刚出生,在医院病房讨论这个话题实在没什么意义。但其实有些身份还是有所谓正确的年纪,对吧?十六岁是个错误的年纪,就算当事情发生时你尽力做到最好,也无法改变这个事实。从我出生以来,妈几乎就一直这样告诉我。我们都在错误的年纪跟错误的人生了小孩。马克第一次的婚姻搞砸了,妈也是,谁知道他们这次会不会成功?毕竟他们在一起的时间没有很长。不管我跟艾丽西亚有多爱鲁夫,要假装生孩子是个好主意还是很蠢,要假装我们到三十岁时还会在一起,也同样很蠢,我们连十九岁时都不一定在一起。

我想不通的是,究竟我们跟错的人生了小孩这件事到底要不要紧。因为一切都是结果论,对吧?如果我顺利度过这一切,上了大学,成为这世上有史以来最优秀的平面设计师,那我就是个还不错的爸爸,而且我会很高兴妈跟爸是我父母。如果我爸妈是别人,那一切就会不同了。虽然我爸无法靠画画拯救自己的生命,但有可能是他把平面设计的基因遗传给我。我们生物课学过隐性基因,也许他的平面设计基因就是隐性的。

一定有很多名人他们的父母是根本不该在一起的。嗯,如果他们的父母真的当初没在一起,他们还会一样出名吗? 例如威廉王子? 好吧,这例子很烂,因为只要他还是同一个父亲,他还会是威廉王子。或是某某王子。也许威廉这个名字是黛安娜取的。或许他根本不想当王子。我有另外一个例子:克里斯蒂娜。她写过关于她父亲如何施暴的歌。但如果没有她的父亲,她就不会是克里斯蒂娜了,对吧? 如果她爸对她很好,她也写不出那样的歌曲。

这真的让人非常困惑。

在未来里,有一天你带鲁夫去打针……
现实生活中真的有那一天吗?

是,真的有。而且出现的方式非常高明。TH 的手法很高明。每当未来发生过的片段在真实生活中出现时,几乎都跟当初发生时的状况差不多,只不过出于不同的原因。好比说打针那天,艾丽西亚因为感冒所以打电话给我,我也的确得带鲁夫去看医生。但那时我已经知道他的名字了,所以你们可不能说我去未来的那段时间什么都没学到,哈哈。

但他还是没打到该打的针,所以那部分是真的。事情的经过是,鲁夫在等待室时,我告诉他不会痛,他就开始大哭了。我想他猜到了,因为我每次告诉他不会痛,结果就一定会痛,否则我何必要特地跟他说不会痛呢。然后我心想,反正艾丽西亚可以带鲁夫来,我不想处理这个麻烦。

我想起有一次米勒太太在宗教研究课上告诉我们,有些人相信你得不停地重复你的生活，就像电动的关卡一样，直到你做对为止。嗯，不管那是什么宗教，我想我会相信。我可能是个印度教徒或是佛教徒什么的，只不过我自己不知道罢了。带鲁夫去打针那天我已经历过两次，两次都搞砸了，但是我有进步，速度很缓慢就是了。第一次我真的完全搞砸，因为我连鲁夫的全名都不知道。而第二次我不但知道他的名字，而且知道怎么照顾他，但还是没有优秀到能让他打完针。我可能没有第三次机会了，因为那部分已经不再是未来，那已成为过去。TH还不曾把我带回过去，他只会带我进入未来。那天回家的路上，我心想，等我年长一点，我到底还会不会再生孩子。也许我又得带他/她去找医生打针，而这一次我会完美地达成任务——我会搞清楚孩子的名字，告诉他/她不会痛，他想哭就随他哭，但还是得打针。那一天会很完美。那么我就可以继续我的人生，不用重复下去了。

　　哦，还有一件事。后来我没带他去玩具店消磨时间，所以替自己省下九点九九英镑买直升机的钱。我真的在学习，只是学得很慢。

你还会跟托尼·霍克说话吗？他还是会回应你吗？

看下去就知道了。

大学生活还好吗？

很好，谢谢。我是说，我还应付得来。老师们也很能体谅我的处境。但我不是很确定可否在有限的时间内完成一切。你记得我跟你说过我妈、我祖父在阶梯的第一阶就失足了吗？嗯，我楼梯已经爬到一半了，但目前还找不到继续往上爬的方法。如果我连维持在原地的方法都找不到，可能又得要往下走了。

也许鲁夫会爬得更高。这是我们家的传统。你知道，就是如果你搞砸了，意味着马上就会出现另一个孩子，而他可能会做得更好。

你跟艾丽西亚呢？

我就知道你会问这个。

前一阵子——大概是艾丽西亚感冒痊愈后没多久，我们又上床了，那是鲁夫出生后我们第一次上床。我不大记得事情的经过或原因。那天是星期天晚上，白天我们陪着鲁夫，三个人在一起，因为我们认为鲁夫喜欢我们俩同时陪在他身旁。我们周末通常会轮流照顾鲁夫。我会去艾丽西亚家带他出门晃晃，或是带他回我家，让他可以跟他的小姑姑相处。我不确定鲁夫对这样的安排是否感到困扰。我想我们只是出于愧疚。可能是因为我们让他住在一个十六岁女孩的房间，还让他被迫跟一对毫无头绪的父母在一起。陪他一起去公园或是动物园，是我们能做的。虽然说这很困难，像五分钟不呼吸那么困难，但没有像数学考试那么难。换句话说，就算是白痴都可以试着努力看看。

我们带他去芬斯伯里公园，这座公园我小时候就有了，所以你不会坐在那边感慨着只不过四五年前，你还在那些攀爬架上嬉戏。安德烈亚跟罗伯特给了艾丽西亚二十英镑，所以我们在快餐店用餐，鲁夫吃了薯条跟冰淇淋，还玩了四次那种在透明塑胶蛋里装满弹力球的机器。我们什么都没谈。我是说，我们没谈到彼此的生活之类的话题。我们净谈些弹力球、鸭子、船，还有秋千和骑着托马斯火车头

244

滑板车的男孩。如果鲁夫在荡秋千或是玩沙,我们之中就会有一个人坐在旁边的长椅上看着。

有一次我妈问我,我跟艾丽西亚一起照顾鲁夫时都聊些什么,我告诉她我们什么都不谈,我会刻意保持距离。妈认为那是成熟的表现,但事实是,我怕艾丽西亚。如果她想吵架,她不会在意我们人在哪,所以我觉得坐在长椅上看她帮鲁夫推秋千比站在她身旁安全多了。如果你真的站在她旁边,可能会突然发现自己正站在太阳底下游乐场的中央被她用各种粗话辱骂,旁边还会有一小群人围观。我承认,有一半的时候我也有错。我会忘记在事前准备好器材、食物、跟饮料。我会拿她不希望我开玩笑的事情说一些蠢笑话,例如她的体重。我会开这种玩笑是因为我开始把她当成我的姊妹、妈妈(我妈,不是鲁夫的妈)或是老同学之类的。她笑不出来是因为她并没有用同样的角度看待我。

去芬斯伯里公园那天我们过得很不错,真的。我们没有吵架,鲁夫也很开心,阳光普照。我们一直走着。然后我回艾丽西亚家帮她准备鲁夫的晚餐,还有哄鲁夫睡觉,之后安德烈亚问我要不要留下来吃晚餐。晚餐后,我到艾丽西亚的房间,好在我离去前可以看鲁夫入睡,她把手绕着我,结果一触即发,最后我们进了她哥哥的房间。好笑的是,我们还是没有安全套。她又得去她父母那里偷拿。我很久没有做这样的事情了,直到那一晚,我都自己解决,你应该懂我的意思。我本来不想跟艾丽西亚上床的,因为我不想让她以为我们复合了。但我也不能跟别人上床,对吧? 如果她发现的话,那会让我们大吵一架,然后一切正式宣告结束。而且我也会害怕,万一我又让别人怀孕了怎么办? 那就会换成我的人生正式宣告结束。我剩下的人生会陷入一个孩子接着一个,只能偶尔去大学上上课的循环过程。

所以我跟艾丽西亚上床，然后呢？她以为我们复合了。事后我们躺在她哥的床上，她说："你怎么想？"

我说："关于什么？"

我发誓我没有漏掉任何一个字。"你怎么想？"是她关于这个话题说的第一句话。

"关于再努力一次？"她说。

"我们什么时候在讨论这话题了？"

"从现在开始讨论。"

当我说我没有遗漏任何一个字，我说的是实话。但对实话的定义是以我的记忆为准，其实不算是百分之百的事实，对吧？我们上了床，然后安静了好一会儿，然后艾丽西亚说："你怎么想？"还是她是在我们做爱的时候说的？还是当我们静默的时候？这中间我有不小心睡着吗？我不知道。

"哦。"我说，因为我很惊讶。

"你只能给我'哦'这种回应吗？"

"不，当然不是。"

"那你还能说什么？"

"不会有点太快了吗？"

我的意思是，刚上完床就讨论这件事不会有点太快了吗？而不是，你知道的，从我搬出去之后到现在要复合会不会有点太快？我知道我搬出去已经是很久以前的事情了。我没那么迟钝。

艾丽西亚笑了。

"对，"她说，"对。要等到鲁夫几岁时你才能做出决定？十五岁吗？这个年纪如何？"

然后，我明白我没遗漏什么。我没错过什么细节。我只是一直忽略了整件事,过去几个月所发生的每件事,就是这样。艾丽西亚以为自从我感冒之后,我一直在考虑要不要复合,但我以为我早就做出决定了。

"但我离开的时候,你也希望我走,不是吗?"

"是没错,但在那之后,事情改变了,难道没有吗? 一切都安顿下来了。当鲁夫还是婴儿的时候,要在一起很困难。但现在都解决了,不是吗?"

"有吗?"

"有。我这么认为。"

"嗯,"我说,"那不就好了吗?"

"所以你是答应了?"

过去几年有很多事情都像梦一样。事情发生得太缓慢,又或是太快,大半时候我都不相信真的发生了。跟艾丽西亚上床、鲁夫、妈怀孕……拜访未来跟以上这些事情一样令人难以相信。

如果要我说什么时候才真正从梦中苏醒,我会说就是现在,当里奇房门被打开而艾丽西亚的妈妈进房的那一刻。

安德烈亚尖叫。她尖叫是因为房间很暗,她没想到里面会有人。她尖叫是因为房里的人没穿衣服。

"出来。"当她尖叫完她说,"出来,把衣服穿上。两分钟内到楼下来。"

"有什么大不了的?"艾丽西亚说,但她的语气有点颤抖,我知道实际上她没有听起来那么勇敢,"我们都生过孩子了。"

"你们下楼,我就会告诉你们哪里有什么大不了。"然后安德烈亚出去的时候,把门重重摔上。

我们默默把衣服穿上。这种感觉很怪。我们觉得我们闯祸了,

247

我甚至觉得我现在的年纪比我们发现艾丽西亚怀孕时还小。我们快十八岁了,我们的儿子就睡在隔壁,而我们即将因为上床而被骂。我可以告诉你一件事,过去几年我学到的一件事就是,年龄不是固定的。你可以声称你是十七岁或十五岁,或随便几岁都好,如果根据你的出生证明看来,你可能没说错。但是出生证明只是一部分。根据我的经验,年龄会浮动的。你在同一天里可以是十七岁、十五岁、九岁,跟一百岁。我跟我儿子的妈妈在过了很久后又上床,让我觉得我自己是二十五岁。然后短短两秒内,我从二十五岁变成九岁,这是一个新的世界纪录。我不知道为什么当我跟一个女孩上床被逮到,会让我觉得自己只有九岁。性应该会让你觉得自己变成熟,而不是变年轻。我想除非你是老人,那就有可能相反。你现在懂我所谓的浮动年龄是什么意思了吧?

当我们下楼后,安德烈亚跟罗伯特坐在餐桌前。安德烈亚面前有一杯酒,她在抽烟,我过去从没看过她这样。

"你们两个都坐下。"她说。

我们坐下。

"我们可以喝杯酒吗?"艾丽西亚说。安德烈亚没理她,艾丽西亚做了个鬼脸。

"你现在要回答我的问题了吗?"艾丽西亚说。

"什么问题?"罗伯特说。

"我问妈这有什么大不了的?"艾丽西亚说。

他们俩都没说话。罗伯特看着安德烈亚,眼神像是在说,你自己搞定。

"你们看不出来吗?"安德烈亚说。

"看不出来,我们之前就上过床了,你知道的。"

我不再觉得我自己只有九岁。我大概是十四岁左右,正以挺快的速度朝我的真实年龄前进,甚至超越。我赞成艾丽西亚的说法。我现在不再觉得自己是个捣蛋的男孩,我真的很难看出问题在哪。好,没有人会想去想象他们的家人有性行为,但就算我想到,也只会觉得有点恶心。我不会生气。我们躺在被子底下,所以没有露出什么。此外当时我们已经做完了,不是做到一半被逮到。而且就像艾丽西亚说的,鲁夫是个活生生的证据,证明我们上床可不是什么新闻了。也许是因为我们待错房间。我认为如果安德烈亚是在艾丽西亚的房间逮到,她就不会这么为难我们了。她甚至根本不会进去。既然似乎没人想得到我们哪里做错,我决定试试看这个答案。

"是因为我们在里奇的房间吗?"我说。

"这他妈的有什么差别?"安德烈亚说。所以问题不是出在这。
"说话啊,罗伯特。"她说,"为什么只有我在教训他们?"

罗伯特眨眨眼,玩弄他的耳饰。

"嗯。"罗伯特说。然后就说不出话来了。

"哦,你还真是帮了大忙。"安德烈亚说。

"嗯,"他又说了一次,"我可以感受到你妈妈的,呃,尴尬。然后……"

"这比该死的尴尬还要严重。"她说。

"关于这件事,我有点不懂,"罗伯特说,"我们都知道艾丽西亚跟山姆有……有性关系,所以……"

我们有吗? 我心想。我不是很确定。

"是这样吗?"安德烈亚说。

"不算是。"我说。

"是。"艾丽西亚同时说。

"那好,为什么?"

"为什么?"艾丽西亚说。

"对,为什么?"

这段谈话开始变成我生命中最糟糕的一场谈话。比起要我跟艾丽西亚的爸妈解释我们为什么上床,我绝对宁愿选择跟我妈说艾丽西亚怀孕了。那次的谈话很糟糕,但终究走过来了。而我不确定这次我熬不熬得过去。

"你爱他吗? 你想跟他在一起吗? 你觉得这段关系有未来吗? 你没有办法想象跟其他人上床吗?"

我不爱艾丽西亚,没有真的很爱。没有像我刚遇见她时那么爱。我喜欢她,她是个好妈妈,但我没有真的想跟她在一起。我很容易就可以想象自己有一天会跟其他人上床。我不知道这是否意味着我们现在不该在一起,但我知道除了这件事以外,还有其他很多的烦恼。一边听着安德烈亚说话,我觉得身体不大舒服,因为我知道如果艾丽西亚没有先提出分手,表示我得先提出。

"妈,他是鲁夫的爸爸。"

"这不代表你得跟他搞。"安德烈亚说。她是真的气到冒烟了。我搞不懂。

"嗯,"罗伯特说,"从某个角度看来,她显然非得跟他搞。"

"你说什么?"安德烈亚看着他,像是她准备从抽屉拿出一把面包刀割下他的舌头。

"抱歉。这是个烂笑话。我只是说……你知道的。如果他是孩子的父亲。"

艾丽西亚偷笑。

"你觉得这个笑话很有品味吗?"

"好品味跟幽默并不一定能并存。"

"省省你他妈的喜剧理论。你不明白现在是怎么回事吗,罗伯特?"

"不明白。"

"我不会让艾丽西亚用跟我相同的方式毁了自己的人生。"

"我没有要毁掉我的人生。"

"你认为你没有,"安德烈亚说,"你以为你在做对的事情,你跟孩子的父亲上床,因为你希望大家能在一起。然后十年过去,接着又另一个十年,然后你发现你已经没人要了,你浪费时间坚持一件任何理智的人都会在多年前脱身的事情。"

"该死,妈,"艾丽西亚说,"我们刚才还在想再努力一阵子。"

"我不确定你有没有抓到重点,艾丽西亚。"罗伯特平静地说。安德烈亚不敢看他的眼睛。她说太多了,她自己知道。

那是个眼泪满溢的晚上。我跟艾丽西亚上楼,我尽可能婉转地说了该说的话。我其实不用说太多。我一开头艾丽西亚就说:"我知道,我知道。"然后就哭了。我抱了她。

"这不公平,难道不是吗?"她说。

"是不公平。"我说,但我其实不知道什么是公平,还有为什么不公平?

"我希望我们可以重新开始。我们没有跟其他人同样的机会。"她说。

"什么样的机会?"

"在一起的机会。"

就我看来,我们至少有过两次机会。例如,我们在鲁夫出生前有

251

过一次机会,那次我们搞砸了。鲁夫出生后又有一次机会,那次也没好到哪去。很难看出如果我们重新开始,一切会有什么不同。有些人就是注定不适合,艾丽西亚跟我就是其中之一。我认为,她都不相信自己说的话。她只是想要故作浪漫,我不介意配合,于是我找了一段适合当下说的话。

"虽然我还爱你,"我说,"但我们住在南辕北辙的世界。我希望我们能和平分手。我想我们都该努力替鲁夫创造最好的生活,试着让这一切对他来说尽量简单。"

她把我推开,看着我。

"这些话哪来的?"她说。

"托尼·霍克。"我说,"他跟辛迪分手时说的。"

我下楼的时候,听见安德烈亚跟罗伯特在吵架。我没探头进厨房道别。

你知道你去未来时问过你妈:"给个分数,十分满分,我做得如何?"那你会给你自己几分?

好。好问题。但我可以明白为什么我妈不知道如何回答。我会给你两个不同的分数。首先,是我每天要做的事情的分数,大学、鲁夫这些。我给我自己八分,满分十分。我可以做得更好,但我还可以。为艾丽西亚跟鲁夫做的事情我都算还可以。我帮他煮饭,哄他睡觉,说故事给他听,帮他洗澡。我努力工作,不迟到,尽可能完成大学作业,诸如此类的。有时候我会照顾艾米丽,跟马克他儿子处得也还不错。但如果你要我替我的生活打分数……我恐怕不能打超过三分。那不是我心里想要的。怎么可能会是这样。

20

我被手机的哔哔声吵醒。我似乎是在开往北街的公车上层里醒来。有一个年纪约十九二十的漂亮女生坐在我身旁。她对着我微笑，我也回以微笑。

"是谁?"她说。她是在说我的手机,这表示她一定认识我。

哦,天啊。看来 TH 又把我扔进未来了。这女孩认识我,我却不认识她,我不知道我要坐公车去哪,而且……

"我不知道。"我说。

"你为什么不看一下?"

我把手伸进口袋拿出手机。我都快认不得这是手机了,它好小。

是艾丽西亚传来的短信。

"你在哪?"上面写着。

"我该回什么?"我问那女孩。

"你为什么不直接跟她说你在哪?"她说。她说这句话的时候做了个好笑的表情,所以你知道她是在模仿短信的语气。

"北街。"我说。

"太棒了。"她说,然后用手拨乱我的头发。

"那我该这么回吗?"

"天啊,"她说,"如果你现在就这个样子,那你六十岁时会是什么德行?"

好。所以我还没六十岁。很不错。

"那我就回她'北街'。"

"其实没什么意义,"漂亮女孩说,"我们就要下车了。"

她起身,按了下车铃走下楼梯。我跟在她后面。我连一个可以问的问题都想不到。听起来这位漂亮女孩是要跟我一起去见艾丽西亚。这是谁的主意?如果是我的,我根本是找死。艾丽西亚知道这位漂亮女孩要来吗?还是说这是个惊喜?

我们在格林站下车,往回走上坡路来到一家我没见过的中国餐厅,我之所以没见过,可能是因为我没来过这部分的未来。感觉起来,几乎未来的其他部分我都去过了。

餐厅里几乎没有其他人,所以我们马上就看到艾丽西亚了。她站起身挥挥手,与一个年纪跟她差不多的男生在一起。管她现在是几岁。

"还以为要放我们鸽子了。"艾丽西亚说,然后她笑了。

"抱歉我们迟到了一会儿。"漂亮女孩说。

那男孩也站起身。每个人都露出牙膏广告般的笑容。换句话说,是皮笑肉不笑。虽然我还是不知道他妈的到底怎么回事,我也跟着微笑。

"这是卡尔,"艾丽西亚说,"卡尔,这是山姆。"

"哈喽。"我说。我们握手。这个卡尔看起来还不错,他看起来像是玩乐团的。他有一头黑色旁分的长发，还有山羊胡。女孩们站起来对彼此微笑。她们在等我帮她们互相介绍，但因为我不知道这位漂亮女孩的名字，所以我没什么好说的。

"别指望他了。"艾丽西亚说，然后她转转眼睛，"我是艾丽西亚。"

"我是爱丽丝。"漂亮女孩说。然后我们都坐下。爱丽丝在桌子底下捏捏我的膝盖，我想她是要告诉我一切都会没事。

我从那时开始紧张了起来。我想如果我不是身在未来，应该在公车上就开始紧张了，想着爱丽丝第一次跟艾丽西亚见面这件事。这么说来，因为我不知道到底发生了什么事，所以我替自己省下了半小时的紧张时间。

"他还好吗？"艾丽西亚说。她看着我，但我甚至不知道他是谁，更别说他好不好，所以我晃了晃头，介于点头跟摇头之间。大家都笑了。

"那是什么意思？"爱丽丝问。

我耸耸肩。

"既然山姆好像暂时疯了，"爱丽丝说，"我来回答。他很可爱。不过他不希望我们出门，这就是为什么我们迟到了五分钟。"

我心想，"他"一定是指鲁夫。看来我们把鲁夫留在某个地方。这样做对吗？我们可以这么做吗？但似乎没有人介意，所以我只好相信这样做是没事的。

"我不知道山姆的妈妈要怎么一个人同时哄两个小孩睡觉。"爱丽丝说。

"不。"我说，然后摇摇头。"不"几乎是我说的第一个字，这个字似乎够安全。"不"不可能出错。我开始骄傲起来。"给我一百万年

255

的时间,我都做不到。"我说。

"你在说什么?"艾丽西亚说,"你做过很多次。"妈的。我又错了。

"嗯,对,我知道,"我说,"但是……这真的很难,对吧?"

"对你来说并不难,"爱丽丝说,"你真的很拿手。所以闭嘴,不然听起来会觉得你是在炫耀。"

原来我有办法自己一个人哄两个小孩睡觉?鲁夫偶尔会跟我住?那我现在非常想炫耀。

于是我闭嘴,听女孩们聊天。卡尔几乎没说话,没提到乐团或是其他事情,所以看起来保持沉默好像也是跟他维持我们男性同盟的一种方式。我听女孩们谈论鲁夫,还有大学都读些什么。我是在上课时遇见爱丽丝的,所以她的课程跟我一样,管它是什么。艾丽西亚利用闲暇时间在金史密斯学院修读时尚课程。她看起来很棒,看起来快乐又健康,我一度感到很伤心,因为我过去让她过得既不快乐又不健康。我真心喜欢爱丽丝。看来我做得还不错。她真的很漂亮,也很友善风趣。

在他们的对话中,我偶尔得知一些关于我生活的情形。我知道以下这些事情。

1. 听起来我也在大学修课。艾丽西亚现在也在大学上课,所以我得分担照顾鲁夫的工作。此外,我好像也有在做某个工作。有时还得照顾艾米丽。因为我得工作,照顾鲁夫和艾米丽,还有大学课程,所以我不常出门。

2. 我放弃玩板了。卡尔也会玩板,艾丽西亚告诉他,我收手以前,也很会玩板。我很遗憾。我确定我一定很想念玩板的感觉。

3. 鲁夫那天早上五点十五分就醒了。而爱丽丝还在床上,所以爱丽丝一定偶尔住在我那。我希望我们每次做爱至少用了三个安全套。

　　4. 我每天每分钟都很忙,这是我长久以来第一次在晚上外出。艾丽西亚也一样忙,只不过不用照顾艾米丽。爱丽丝似乎对我有点感到抱歉。也许爱丽丝跟我约会只是出于同情,我不知道。我也不在意。反正我们在一起就对了。她很漂亮。

　　这一切都让我觉得很疲倦。虽然跟这些人待在中国餐厅看来还不错,但离我本来的世界,也就是现在的距离很远。我还有很多工作要做、很多架要吵,还有孩子要照顾,还得从某个地方挣钱,还得牺牲许多睡眠时间。但我办得到。我看得出来。因为我办不到的话,现在就不会坐在这里了,对吧? 我想这就是托尼·霍克一路以来试着告诉我的。

Nick Hornby
SLAM
Copyright © Nick Hornby 2007
This edition arranged with ROGER, COLERIDGE & WHITE LTD (RCW)
Through Big Apple Agency, Inc., Labuan, Malaysia.
Simplified Chinese edition copyright © 2020
SHANGHAI TRANSLATION PUBLISHING HOUSE (STPH)
All rights reserved.
译本由 泰电电业股份有限公司 授权

图字:09-2018-1263号

图书在版编目(CIP)数据

砰!/(英)尼克·霍恩比(Nick Hornby)著;曾
志杰译.—上海:上海译文出版社,2020.9
(尼克·霍恩比作品集)
书名原文:Slam
ISBN 978-7-5327-8393-9

Ⅰ.①砰… Ⅱ.①尼… ②曾… Ⅲ.①长篇小说—长
篇小说—英国—现代 Ⅳ.①I561.84

中国版本图书馆 CIP 数据核字(2020)第 159623 号

砰!
〔英〕尼克·霍恩比 著 曾志杰 译
责任编辑/吴洁静 装帧设计/人马艺术设计·储平

上海译文出版社有限公司出版、发行
网址:www.yiwen.com.cn
200001 上海福建中路 193 号
上海信老印刷厂印刷

开本 890×1240 1/32 印张 8.25 插页 2 字数 132,000
2020 年 11 月第 1 版 2020 年 11 月第 1 次印刷
印数:0,001—5,000 册

ISBN 978-7-5327-8393-9/I·5149
定价:65.00 元